亦舒作品

阿修罗

亦舒

- 作品 -

29

湖南文艺出版社
HUNAN LITERATURE AND ART PUBLISHING HOUSE
博集天卷
CS-BOOKY

阿修罗

目录

阿修罗

壹·

她好像想毁灭一切，
她自己，这个家，
与家里每一个人。

人总会往回想。

思潮一直飞回去，飞回去，回到老远老早的悲欢离合，甚至回到年轻时一个美丽的五月早晨。

回忆通常苦乐参半，对一般人来说，最远的追思不过是回到童年，六七岁模样，不甚懂事，却拥有无限宠爱，时常为很小的事情，像一颗水果糖或一支铅笔，磨在祖父母或姑妈舅舅之类的身边大半天，最后，总能得到他们所要的东西，这是童年的精华：不劳而获。

吴珉珉的记忆与众不同。

她的记忆始于三岁，甚或更早。

她记得坐在婴儿车里，由保姆推到公园去，那是北国的冬季，天空灰蓝色，树枝枯干，她示意想走，保姆总是哄她："乖乖坐着，别动。"

即使还是幼婴，珉珉心里却很清楚，她与保姆每天离家出来公园小憩，是父亲的意思。

因为每天这个时候，母亲醒来，一定要摔东西、骂人。

珉珉记得一切。

她记得泪流满面的母亲一会儿把她抱到身边，絮絮地诉苦；一会儿又用力推开她，使她摔跤。她若坐着，母亲会叫她站；她若站在母亲身前，母亲又嫌她挡着视线赶走她。

珉珉总是呆呆的，不知怎么样才能叫大人开心，她希望看到母亲脸上的笑容，偶尔称赞她一句半句，但是从来没有。

其余的时间，她坐在房间里，与保姆做伴。

房间中央有一张小书桌与相配的椅子，珉珉常常坐着用铅笔学写阿拉伯数字。

起火那一天，保姆不在她身边。

珉珉看到墙壁上火红色影子乱蹿，背脊有炙烫感觉，她转过头来，向房门口看去。

保姆这个时候冲进来，用一条湿毯子蒙住她的头，把她抱出去。

她记得曾经把这宗惨事告诉好同学莫意长，意长想了想说："你并没有记忆，事后大人把事情经过同你说了，你才把想象同事实联结在一起，编成回忆。"

不，事后完全没有人再同她提及这宗可怕的意外，他们都希望年幼的她不留回忆。

但是不可能，她清楚地知道母亲葬身这场火灾。

消防员与警察同时赶到，立刻展开救援工作，看热闹的邻居大叫："有个孩子在里边，有个孩子在里边！"

保姆已经惊呆，待众人提醒，才想起手中抱着的毯子里有一个孩子，解开来，露出珉珉的面孔，大家松一口气。

珉珉没有哭泣，她看向火场，木质平房已经烧得通了天，灰蓝色天空有一角被映得血红。

太迟了，母亲在里边。

珉珉用双臂扣紧保姆的脖子。

她听得保姆对警察说："是太太放的火。"

警察问：“她为什么要这样做？”

“太太的精神一直非常困惑，”保姆激动地答，“她好像想毁灭一切，她自己，这个家，与家里每一个人。”

听到这里，意长紧紧皱着眉头：“不可能，保姆怎么会这样形容你的母亲，她只负责带孩子，还有，三岁的小童，不会明白毁灭的意思，一切都自你的想象而来，你不应自寻烦恼，失火是一次意外。”

为了证明她所说不误，意长找来三岁的小侄儿，把一只乒乓球交他手中，对他说：“毁灭它。”

小孩把球往嘴里塞去，意长大叫一声，怕他吞下窒息，连忙把球抢回来，那孩子惊天动地般哭起来。

意长问：“看到了吗，三岁孩儿能做的不过是这些。”

珉珉不再意图说服意长。

深夜，她坐在漆黑的宿舍房间里，独自沉湎在回忆中，只有她知道事情的真相，只有她清楚地记得发生过什么。

当她父亲自大学里赶回来，火已救熄，火场只余一堆瓦砾。

珉珉被安放在朋友家中，数日后，她参加了母亲的葬礼，手中执着一束花，预备献给母亲。

她转过身，抬起头轻轻对保姆说：“她从来没有笑过。”

保姆甚为震惊：“什么，你说什么？”三岁孩童怎可有此慨叹？

她父亲伸手过来：“我来抱你。”他以为她想看得清楚点。

保姆退后一步，像是害怕的样子，随后就辞职。

吴家父女继续在朋友家寄住。

苏伯伯是父亲的同事，苏太太没有孩子，看到珉珉，蹲下来笑问：“这位小公主叫什么名字？”

珉珉立刻就喜欢她，加快脚步走到她身边，让她抱住自己。

苏伯母身上有股清香扑鼻的气味，珉珉觉得安全极了。

他们寄居在苏家颇长一段日子。

在这三五个月期间，珉珉记得她一直可以享用新鲜食物与干净衣服。

苏伯母也把她当亲生孩子似的。

珉珉记得她的样子：身材瘦削高挑，鼻子上有几颗雀斑，在家也打扮得整整齐齐。

她替珉珉置了一大堆玩具，有一个金发洋娃娃，穿大红色纱裙，最为珉珉喜爱。苏伯母跟珉珉说："她叫桃乐妃。"另外有只玩具狗，"它是吐吐。"什么都有名字，苏伯母也像个孩子。

她同珉珉的父亲说："吴豫生，本来我已决定不要生育，直至见到你女儿。"又同丈夫说："苏立山，我也要一个那般可爱的孩子。"接着咯咯地笑起来。

珉珉听到她父亲说："过了年我们也该回家了。"

苏氏夫妇甚为意外："回香港？"

珉珉看见她父亲点点头。

"哎呀，"伯母说，"我不舍得珉珉。"

"她阿姨愿意照顾她，我考虑很久，觉得可以接受这个建议。"

苏伯母现出寂寞与无奈的神色来，珉珉伸出手，握住她的手，苏伯母感动地问珉珉："你也不舍得我？"她一直把珉珉当小动物，不知道孩童也有思想理解能力。

过一会儿，苏伯母又说："也好，香港天气暖和点，你也可以趁机离开这块伤心地，还有，多伦多这样的地方，也实在不能够把它当一个家。”

苏立山在这个时候嚷：“女人，一天到晚，就是抱怨抱怨抱怨。”

珉珉没有看见她父亲笑。

后来她才知道，一个人如果伤透了心，就很难笑得出来。

他们就要走了，珉珉十分留恋苏家的面包白脱[1]布丁，她希望香港阿姨也有这样的好厨艺。

就在他们要乘飞机离去的前一个星期六下午，苏立山要去看球赛，他妻子说：“把珉珉也带去吸吸新鲜空气。”

“球赛三小时那么长呢。”

“一个钟头可以回来了。”

苏立山无奈，“专制呵，”他同老同事说，“我是标准的老婆奴。”

他抱起珉珉，先把她父亲送到大学去做最后收拾，然后开动车子，把珉珉载往球场。

车子在半途停站。

---

[1] 白脱：黄油，Butter，是用牛奶加工出来的一种固态油脂，是把新鲜牛奶加以搅拌之后上层的浓稠状物体滤去部分水分之后的产物。

珉珉刚警惕地抬起头来，已经看见一个年轻女子笑着过来拉开车门，她是谁?

少女看到珉珉也问：“噫，这是哪一位？”

苏立山说：“敏玲，把小孩抱着坐。”

少女把珉珉抱在膝上，“你叫什么名字？立山，我不知你有女儿。”她笑。

虽然苏立山忙着把车子掉头，百忙中，少女探过身子去吻他的脸颊。

苏立山说：“给人看到了不好。”

少女不悦：“迟早会叫人知道，明夏毕业后我一定要你做出抉择。”

苏立山说：“再给我一点时间。”他伸出一只手去握住她的手。

少女转嗔为喜，在珉珉耳畔轻轻说：“听见没有，他选我呢，他不要你。”

珉珉记得她抬起头来，看着对方。

少女变色：“立山，你看这孩子的眼神，像是要射透我的心呢，她听得懂我们讲话吗？”

“除非珉珉是天才，”苏立山说，“珉珉对不对？”

然而少女已经受了震荡，一路上她没有再说什么。

球赛中苏立山买了爆谷给大家吃，这个叫敏玲的少女一直注意珉珉的举止。

她问珉珉：“你看得懂这场球赛是不是？”

珉珉还没有回答，苏立山已经说：“胡敏玲你怎么了？”

“立山，她不是一个普通的小孩，你看她神情多妖异。”

“我不准你那么说，好了好了，我们走吧。”

“这到底是谁家的孩子？”

“英国历史系吴豫生教授的女儿。”

“吴教授？吴太太她——”敏玲脸上变色。

“别再提了，来，走吧。”苏立山抱起珉珉。

“立山，大家都知道吴太太是怎么一回事。”

“敏玲，过去的事不必再提。”苏立山再三阻止女友在这个题目上做文章。

风来了，苏立山解下围巾，轻轻蒙住珉珉的头挡风，抱着她急急向停车场走去。

珉珉的视线受阻，耳边像是听到有人吆喝：“二楼左边第一间房间里有人！”

她母亲困在里边。

珉珉鼻端嗅到一阵木焦味，她双臂紧紧抱住苏伯伯的脖子，终于围巾被轻轻掀开，珉珉发觉她已坐在车子里，停车场另一头有人在大铁桶里生火取暖，焦味，就从那里传来。

她听得懂每一句话，记得每一个细节。

胡敏玲怪不自在地说：“立山，你已为这个孩子着迷。”

苏立山笑答：“被你看出来了，我一直不晓得婴儿原来是这么可爱的小动物。”

胡敏玲说：“你的妻子不能给你生育孩子？”

苏立山不出声。

胡敏玲说下去：“我可以。”

苏立山说：“得了，敏玲，今天你太过分。”

“她已经遍访名医，她已经打算放弃，对不对？”

苏立山把车停下来。“即使我离开她，亦断然不是因为这个缘故。”

他让她下车，载着珉珉回家。

苏太太出来迎接他们。

她问珉珉："球赛好看吗？"

珉珉点点头。

苏太太微笑说："你长大之后，一定是个不爱说话的女子。"

苏立山在一边听到了转过头笑道："急死人。"

第二天早上，男人都出去了，只剩苏太太与珉珉。

电话铃响，苏太太过去听，她与对方说："苏博士在实验室。"

她回座继续剥橘子给珉珉吃。

珉珉忽然说："胡敏玲。"

苏伯母一怔："你怎么知道是她？胡小姐是你苏伯伯的得意弟子。"

珉珉看着苏伯母，蓦然清晰地说出来："迟早会叫人知道，明夏毕业后我一定要你做出抉择。"

苏太太一听，脸色猛变，她站起来，撞翻了茶几。

珉珉犹如一只学语的鹦鹉，她记忆好，把大人所说过的话一字不差地重复出来，声音稚嫩，一如胡敏玲扮撒娇时做作的腔调。

苏太大浑身汗毛竖起来，这情况太诡异，她惊怖莫名：“珉珉，你从哪里听来？”

珉珉继续学下去：“听见没有，他选我呢，他不要你。”

苏太太完全明白了。

她双手簌簌地抖，轻轻地，大惑不解地自言自语：“他们一直瞒着我，她常常来这里找苏立山，就在我家里，当着我的面侮辱我，难怪她嘴角常带轻蔑笑意，原以为她看不起家庭妇女，现在我明白了。”

珉珉静静看着她。

“告诉我，珉珉，这是几时的事，昨天？”

珉珉点点头。

“胡敏玲与你们一起去看美式足球比赛？”

珉珉点点头。

“呵，都通了天了，就把我一个人瞒在闷葫芦中。”

珉珉还不罢休，她学下去：“你的妻子不能给你生育孩子，我可以。”

苏太太如坠冰窖，两颊肌肉不由自主地抖动，过了一会儿，她伸出双手，按住面孔，因为她发觉眼泪不受控制，溅得到处都是，她怕吓着珉珉。

苏太太像一切人一样，低估了三岁半的珉珉。

这孩子与别的孩子不同，她自出生以来，便看惯了成年人的眼泪。

苏太太喃喃道："珉珉，你不会对我说谎，孩子不会说谎。"她把她紧紧抱在怀中。

她失声痛哭，一如珉珉的母亲。

珉珉拥抱着苏伯母。

下午，苏太太把珉珉抱到小床上，强颜欢笑："你该午睡了，伯母也去睡一睡。"

珉珉醒来的时候，一屋都是人。

她自小床爬下，也没有人注意，她看到苏伯伯与她父亲憔悴地无语相对。

救护人员把苏伯母抬起，放在担架上。

珉珉走过去看到她双目紧闭，抬起头问护士："她还醒不醒来？"

护士大吃一惊："这小孩自什么地方走出来？"

她父亲连忙过来抱起来。

她问："伯母还醒不醒来？"

吴豫生没有回答，与苏立山一起跟车到医院。

他们在急救室外等候。

苏立山面色死灰："她不知道如何发现的……她与胡敏玲通过话，敏玲承认一切……没想到……"

吴豫生责备他："你做得这样明显，分明是怕她不知道，你并无忌讳。"

苏立山掩面哭泣。

珉珉听得她父亲深深叹息。

苏立山说："我错了，我一手毁了这个家。"

珉珉看着他，只希望苏伯母会得醒来。

医生出来了。

珉珉第一个迎上去抬起头等消息。

医生说："她苏醒了。"

珉珉松一口气。

苏立山忙问："我们可以进去看她吗？"

医生瞪他一眼说："她不想见你，对，谁叫吴珉珉？"

珉珉站前一步。

“你吗？”医生意外，“请跟我来。”

珉珉握着医生的手进入深切治疗室。

苏伯母躺在白色的被褥上。

珉珉过去，把脸伏在她胸膛上，感觉那一起一伏。

她听到苏伯母低声说：“谢谢你，珉珉。”

珉珉点点头。

“你放心，我已经醒来，决定做一个新人，凡事从头开始。”她开始喘息。

珉珉握住她的手。

“你听得懂我说的话，对不对？”

忽然之间，她痉挛起来，珉珉听见床边一部机器发出嘟一声长鸣，医生紧张地说：“把孩子先抱出去，别让这事对她有不良影响。”

护士急急拉开珉珉，珉珉感觉到苏伯母胸口起伏已经停止，她松开手。

珉珉没有哭，她由看护领出病房。

十分钟后，医生出来说：“病人已故世。”

珉珉看到苏立山踉跄地退后，撞在墙上。

她真心为他难过。

吴豫生一声不响，抱起女儿便走。

第二天，他们就离开多伦多回香港。

莫意长打完球回宿舍，顺手开亮灯，起初不知道珉珉独自坐在黑暗里，吓一跳，后来习惯了，就劝她："想什么？认识你那么久就想那么久，有什么益处。"

珉珉但笑不语。

意长说："我讲十句话你还讲不到一句。"

珉珉翻开功课，仍然不说话。

意长伏在书桌上看她："你到底在想什么，那些故事是否写在你的眼睛里，所以你的眼神那么深邃？"

珉珉摇摇头。

"好好好，我不骚扰你温习功课，我去淋浴。"

珉珉躺在床上，笔记本子覆盖在胸前。

到今天她还可以感觉到苏伯母冰冷的手。

可怜的女子，大伙甚至不知道她的闺名叫什么，每个人都叫她苏太太，可想她已经嫁了苏立山良久。

一年前珉珉问过父亲："苏伯伯后来有没有娶胡敏玲？"

吴豫生一呆："你还记得他们？"

"是，我记得。"

做父亲的不置信："那时你只有三四岁。"

珉珉微笑。

吴豫生低头回忆："没有，后来胡敏玲嫁给一位外国讲师，苏立山一直很潦倒，他似受了诅咒。"

珉珉恻然。

"苏氏夫妇十分痛惜你。"

"我也记得。"

"结局太叫人难过了。"

珉珉没有回答。

回来的时候阿姨在飞机场接他们，她穿一身黑衣，珉珉还是第一次见她，小孩子特别喜欢漂亮的人，看到丑人马上会势利地露出厌恶害怕神色，异常令人难堪。

珉珉叫一声阿姨，握住她的手。

这阿姨异常漂亮，珉珉与她一见如故。

她对珉珉说的第一句话是："你跟你母亲长得一模

一样。”

她的车子也是黑色的，由司机驾驶。

珉珉坐在父亲与阿姨当中，听到阿姨说：“豫生，不如你也搬来与我们同住。”

“我姓吴，怎么可以搬到陈家住？”

“你始终狷介。”

“学堂里有宿舍配给，我住那里就很好。”

阿姨像是有许多许多话要说，太多了，全挤塞在心头一处，卡住一个字都出不来。

到了陈宅，吴豫生喝了一杯热茶，轻轻吩咐女儿数句，便走了。

陈宅地方宽敞，布置清雅，阿姨是个极理性的人，她让外甥女坐在她对面，清晰地说：“我是你母亲的妹妹，我叫陈晓非，你母亲故世，现在由我照顾你，我们是至亲，你有什么需要都可以告诉我。”

珉珉点点头。

一直到小学毕业，珉珉都住在阿姨家中。

沉默寡言的脾气就是那时候养成的，上午有一位老师来补习幼稚园[1]功课，下午有音乐教师试着启发珉珉的兴趣，她都不甚积极。

吴豫生说：“太早了。”

阿姨笑：“我不愿天才儿童被浪费。”

“你想栽培天才？”

阿姨蹲下问珉珉：“你最擅长什么？”

吴豫生说：“孩子应专长吃冰激凌撒娇哭泣，珉珉是不是？”

珉珉笑笑，她有点分数，知道将来擅长做什么。

“她是个小大人。”阿姨说。

稍后，珉珉便会听电话，趁用人不在，她清晰地在电话中应道：“这是陈公馆，陈晓非小姐不在家，你是哪一位？”

那一头的客人都以为是个颇懂事的小朋友，有时留言相当复杂，却难不倒珉珉的记忆。

阿姨只说：“我记得你母亲小时候也是这样精灵。”

---

[1] 幼稚园：幼儿园，原称勘儿园，是几百年前从普鲁士引进的体制。旧称蒙养园、幼稚园，为一种学前教育机构，用于对幼儿集中进行保育和教育，通常接纳三至六周岁的幼儿。

诧异的是一位客人。

施松辉认识陈晓非已经有段日子，最近才获准有陈宅的电话，他追求她，知道她独身。

他听到珉珉的声音，不禁大奇："我叫施松辉，你能告诉我你是谁吗？"

"我叫吴珉珉，陈晓非是我的阿姨。"

施松辉很想再攀谈几句，但他无意得罪陈晓非，怕她误会他自小孩口中套取消息，只得作罢。

没想到第二次打过去，小朋友已经记得他的声音，清脆地问："你是施松辉先生吧？"

他很佩服："阿姨还没有回来？"

"阿姨公司有事。"

"你在做功课？"

"不。"她不愿透露在做什么。

"我约了你阿姨明天见面，届时我请你吃糖。"

"谢谢你。"

施松辉不明白小女孩声音里怎么会有冷峻之意，为了她，他故意花心思挑了一盒多款式奶油蛋糕提上陈家。

他人还没有到，珉珉已看得出施松辉是一位比较重要的客人。

阿姨抓了一大把口红在手："什么颜色好，珉珉，你来帮我挑一支。"

珉珉过去，挑一支红得发紫的口红，交在阿姨另一只手中。

"哎呀，"阿姨笑，"擦上这个整张脸只剩一张嘴岂不过分。"

考虑一会儿，还是用它，显得肤色更加白皙，鬓角乌青。

"吴珉珉，你真是小小艺术家。"阿姨心情相当愉快，这些日子来，能登堂入室的男客并不多，她希望与施松辉有适当的发展。

屋子里有笑声真是好，珉珉坐在自己的房间里都觉得开心。

阿姨在门口出现："来，我同你介绍，这是我外甥女吴珉珉。"

珉珉转过头去，施松辉看清楚她，惊讶地说："你！"

陈晓非见他这种反应，笑问："你俩莫非是老朋友？"

“不，我没想到珉珉才这么一点点大。”

珉珉朝他笑一笑。

施松辉忽然觉得背脊有一丝凉意，他踌躇地看着珉珉，过半晌觉得自己太过多疑，才伸手说：“我们做个朋友。”

珉珉与他握手。

施松辉略为放心。

他没料到陈家会有这个孩子，有点困惑，陈晓非有什么打算，婚后也把她带着？他继而失笑，干卿何事，同她结婚的未必就是施松辉。

偶尔抬起头来，施松辉总发觉珉珉看着他，嘴角蕴着笑意，细细留意他，他觉得不自在，又说不出什么缘故。

趁陈晓非去添咖啡的时候他轻轻说：“我来此地不是为抢走你阿姨，你不但不会失去阿姨，你还会添多一个朋友。”

等他转过头来看珉珉反应的时候，才发觉她根本不在房里。

她到厨房找阿姨去了。

施松辉失笑，这番真的表错情。

下午，他与她们去兜风。

不像孩子的孩子也有好处，坐在后座静静的，不发一声，不吵着去洗手间，也不索讨糖果饼干。

施松辉每隔一会儿要在倒后镜内看她一眼，才会肯定她的存在。

施松辉肯定吴珉珉不是一个普通的孩子。

七个月后，他与晓非已经谈到婚事。

他说："珉珉仍然可以与我们一起住。"

"还得征求他们父女的同意才行。"

"她有父亲？"施松辉又一个意外。

"我姐夫是华南大学的教授，你别小觑我家人。"

施松辉趁机说："你从来没有提过他们。"

"你是打算与我生活，不是与我家人结合。"晓非温和地答。

施松辉凝视她："我想认识你多一点。"

"将来会有很多的机会。"

"你保护家人很厉害。"

"我与珉珉，她是我唯一的血亲，我照顾她，将来她照顾我。"

施松辉抗议：“我呢？”

陈晓非忽然说：“男人，可以来，也可以去。”

施松辉以为女朋友说笑话，一味摇头，珉珉刚刚走过书房门口，无意听到阿姨的一番话，她知道阿姨所说，都是真的。

客人走了，阿姨问她：“将来你愿意同我们住？”

珉珉毫不犹豫地摇摇头。

“你不喜欢施松辉？”

晓非心中知道，他人品即使过得去，此刻总是个半陌生人，急急想介入陈家扮演重要角色，他想知道的太多，付出的时间太少，但她愿意给他机会。

“周末约你父亲出来，我们再详谈这个问题。”

珉珉自口袋取出一本小册子：“他掉了这个，我刚才在沙发缝找到。”

“这是什么，呵，这是施松辉的地址电话记录本。”陈晓非顺手把它搁在一边。

钢琴老师来了，珉珉到书房练琴。

又是一个头痛的下午，珉珉的错音多得令人不能置信。

陈晓非站起来，小册子不知怎的，经她袖子一拂，落在地上，打开，刚巧是当中一页。

她蹲下拾起，本无意偷窥，但小本子中间一页密密麻麻填着名字电话，依字母序，通通是女性英文首名，一眼粗略地看去，有四五十个之多。

他对她一无所知？她对他何尝不是一样。

陈晓非牵牵嘴角，把小本子放进抽屉里，她没想到施松辉交友范围如此广阔。

来往足有半年，她并不觉得他是喜欢冶游的人。

晓非十分纳闷。

吴豫生来看女儿时，问她："烦恼？"

晓非倔强地答："你别管我的事。"

"我听说某君品行很不端庄。"

晓非看他一眼："我以为大学教授非礼勿听。"

"你是我妻妹，我不得不听。"吴豫生有他的理由。

晓非说："我认识你，还在姐姐之前。"

这时珉珉刚刚进来，站在阿姨身边。

吴豫生笑说："对，那时你才像珉珉这么大。"

“是，姐姐已经是初中生。”

珉珉问父亲：“你几岁，在做什么？”

“我是高中生，应聘替你小阿姨补习。”

晓非说：“珉珉，成摞功课要做，还不快去。”

珉珉去后，她看着窗外，嘴角孕育着一丝笑意，轻轻说：“后来，你娶了我姐姐。”意味着当中不知道发生了多少事情。

“我与珉珉都不喜欢施松辉，你不必迁就我俩，你若决定同他在一起，珉珉可以搬出来与我住。”

“如果不是他，也许就没有人了。”

“没有人就没有人。”

“说起来容易，有时寂寞得难堪。”晓非尚能心平气和。

“像你这样能干的女子，何患无伴。”

“喏，就是这句话，这句话误尽我一生。”她抬起头来提高声音，“珉珉，我知道你在偷听。”

珉珉腼腆地自门角转出来，坐到阿姨身边。

“听壁脚，欸，有什么心得？”阿姨取笑她。

“他喝酒。”珉珉轻轻说。

吴豫生说："我也注意到这一点，晓非，记住，没有任何人会为任何人改变任何习惯。"

晓非点点头："我知道，我从不以为我有那样的魔力。"

"你考虑清楚吧。"

"你不协助我做出任何选择？"

"不，"吴豫生有点憔悴，"晓非，我此生再也不会有任何非分之想。"

他走了。

晓非呆呆地坐在窗前，多年来系铃、解铃，都是她自己，不晓得有多累。

反正负担得起，要不要堕落一次？

电话铃响，晓非连忙说："无论谁找，我不在家。"

珉珉比家务女佣更早拿到听筒。

她清晰地说："无论谁找，我不在家。"

"珉珉，是你？我是施叔叔，找你阿姨。"

珉珉重复一次："无论谁找，我不在家。"

"珉珉，别开玩笑，叫阿姨来说话，我是施松辉。"

珉珉已经挂上电话。

她阿姨披上外套："我出去兜风散心，你要不要一起来？"

珉珉摇头。

"对，你有功课要做。"她取过钥匙外出。

她走了不到十分钟，门铃就响起来。

珉珉知道这是谁。

女佣在后边说："珉珉且别开门。"她已经开门让施松辉进屋。

女佣只得说："小姐刚刚出去，施先生你等一等她。"

珉珉静静看着他。

施松辉忍不住，问她："你一直不喜欢我，为什么，怕我抢走你阿姨？"

像外国人一样，施松辉黄昏已经喝过几杯，口气有酒精味。

他无故对珉珉认真起来："可以想象你不喜欢很多人，但是让我告诉你，阿姨要与我结婚，无论你喜欢与否。"

珉珉不去理他。

"来，让我们做朋友。"

珉珉忽然自身后取出一件东西，伸手给施松辉看。

他开头不知道是什么，待看清楚了，脸色突变："这本册子你从何来？"

珉珉冷冷直视他面孔。

"不要告诉我你是拾来的，这本册子我一直藏在外套里袋——"他有点急，"你阿姨见到它没有？"

珉珉点点头。

施松辉干笑："所以她生气了，不怕，我会跟她解释，过去的事既往不咎。"

珉珉在这个时候忽然笑了。

施松辉愕然，这小孩的表情、心机、反应，都似一个工于心计的成年人。

"你，你这个可怕的小孩，你自我口袋偷出这本册子是不是，还给我，马上还给我。"

他伸手去抢。

珉珉把手一缩。

施松辉趋前一步，不信这小女孩躲得过去，但是他的脚扣住茶几，发出声响，况且他讲话时声音太高，已经吸引到女佣进来查探。

说时迟那时快，珉珉忽然把小册子向他头脸摔去，那本皮面铜角小册在空中溜溜地打两个转，不偏不倚，刚巧打中施松辉的眼睛。

他一惊，本能地伸手去格挡，用力过大，手臂偏偏拂到走过来的女佣。

那瘦小的中年妇女向后倒去，额头撞中柜角，顿时流血不止。

施松辉惊得呆了，急急伸手去扶她，妇人怕他进一步加害，在地上挣扎不已。

陈晓非却在这个时候开门进来，看到小小的珉珉缩在墙角，施松辉正殴打女佣，且一地都是血，惊怖之余，马上报告派出所。

施松辉慌乱中举手表示无辜，已经太迟了。

女佣半昏迷中不住重复："他要打珉珉，他要打珉珉。"

陈晓非把珉珉搂在怀中，浑身颤抖，她问："是为着什么缘故，说呀，为什么？"

施松辉瞪着珉珉，别人也许会以为这孩子已经惊得呆了，但施知道她一贯地冷静，他且看到她双眼里露出一丝惋惜的神色。

她不费吹灰之力，已经对付了他。

施松辉一败涂地，只得垂头丧气跟警察回派出所。

女佣被送到医院缝了七针，施松辉慷慨地付出补偿，她应允不起诉，庭外和解。

陈晓非已不愿意再见到施松辉这个人。

她同姐夫说：“怎么可以用暴力对付妇孺，怎么会认识这样一个人！”掩着脸羞愧。

吴豫生说：“珉珉给你太多麻烦，我把她领回去吧，下学期她快升小学了。”

“不，经过这么多事，她更应伴我久一点，你埋头苦干，又周游列国，什么时候陪她。”

这一段日子特别宁静。

施松辉也没有再上来解释，他同陈晓非一样，只想把这件不愉快的事情忘记，越快越好，没发生过更好。

珉珉的钢琴有显著进步，功课按部就班，比别的同龄孩子高，但瘦，小小年纪，不知怎的，举手投足，已有少女风范。

珉珉记得阿姨说她："艰难中长大的孩子往往早熟，虽然未遇战难，但珉珉日子并不好过。"

阿姨事务渐渐繁重，很多时候，她要学习独自打发时间，那个叫桃乐妃的洋娃娃，仍然被保存得很好，她现在不大玩它，有空取出看一番再收妥。

晓非见她如此寂寥，因为内疚，更加纵容这孩子。

现在她同异性约会，事先都征求珉珉同意，渐渐变得十分认真，人家来接她的时候，她老是悄悄地问珉珉："你看这一位仁兄怎么样？"

珉珉如果摇头，她便推说头痛，三言两语诸多借口打发人家走，整个晚上独自玩纸牌，解嘲地说："不出去也不是损失。"可是平白把人招了来，又挥之即去，名声就不大好，门庭颇为冷落。

陈晓非也知道，只是对珉珉笑说："你与你父亲可能都不想我嫁人。"

她也并没有遇到非嫁不可的人，能把责任推在他们父女身上，她觉得相当愉快。

珉珉顺利升到小学四年级，与阿姨形影不离。

一个夏日的星期六下午，艳阳高照，阿姨回来，把珉珉叫到身边。

她取出一张照片："你来看，这个人做你姨丈好不好？"

珉珉笑，她知道姨丈是什么身份，阿姨又找到对象了，她连忙接过小照细看。

珉珉惊奇地说："他长得有点像爸爸。"

阿姨低声下气与她商量："你不反对吧，我叫他请你喝下午茶。"

珉珉轻轻问："可是你要离开我了？"

阿姨答："你现在已经可以照顾自己独立生活，阿姨也想找个伴。"

珉珉点头。

她阿姨松口气。

吴豫生来了，她同他商量，他笑道："你把这孩子宠坏后又甩手不顾，"其实是开心的，"上次那件事至今，也有好几年了。"

陈晓非双臂抱在胸前，不出声。

吴豫生问："你是不是怀疑什么？"

过一会儿晓非才答：“没有，很多女子在最后关头发觉未婚夫行为不检点而解除婚约。”

“可是日后你这样迁就珉珉。”

“不应该吗，她既然住在我这里，我便有义务使她生活愉快。”

“我却有种感觉，珉珉在那件意外中，扮演了一个很重要的角色，她不喜欢的人，注定失败。”

吴豫生原是说笑，陈晓非听在耳中，深深震荡，连忙转头掩饰。

吴接着问：“珉珉在学校有没有人缘？”

陈晓非说：“没有问题，她对一般人很宽容，她不大关心他们。”

吴豫生笑笑：“我们都犯了这个毛病！越是爱一个人，对他要求越高，害他窒息。”

“可不是。”

“你对洪俊德先生，就宽容点吧。”

陈晓非笑了。

珉珉这才知道，那位先生叫洪俊德。

他比较稳重，不大爱说话，侧面某一个角度，看上去像她父亲，年龄也相仿，珉珉对他印象不错。

珉珉对莫意长说："后来他们就结婚了，我搬去与父亲住。"

"现在还结着婚？"

珉珉说："是，很恩爱，但是没有孩子。"

"他们爱孩子吗？"

珉珉惋惜地说："绝对的。"

"那多可惜。"

"一定是这样的，"珉珉说，"要孩子的人没有生养，不爱孩子的人生一大堆。"

意长笑："对你来说只有好，你仍然独霸他们的爱。"

成年人的世界是不一样的，他们的占有欲才强劲呢，珉珉没有把这个意见讲出来。

意长早不介意她说一半话停下来的习惯，只要吴珉珉继续把笔记借给她，紧急关头帮她抄算术题，她就是她的好朋友。

宿舍管得那么严，意长还是有办法带了微型手提电视机回来，用耳筒[1]，看到深夜，时间都不够用。

珉珉有时到莫家做客，意长也常去吴家。

意长的朋友知己比较多，所以珉珉老笑她滥交。

珉珉只与意长谈得来，她对这位同房同学小心翼翼，从来没有得罪过她。

搬到父亲家开始觉得冷清。

但是阿姨已经旅行结婚，他们并没有机会观礼，只看到照片。

吴豫生笑问女儿："你有没有发觉阿姨摆脱我们松一口气？"

珉珉也笑。

"你要感激她把你带在身边这些年。"

珉珉点头。

"同时，这位洪老大要是对她不好，我们父女俩找上门去对付他。"

珉珉觉得父亲最近的心情大有进步。

---

[1] 耳筒：耳机。

吴豫生教文科，女学生多，每个学期总有一两个放了学特别爱借故来找他问功课，不一定有什么特别的意思，少年多数寂寞而敏感，有机会同成熟、智慧的教授接触，当然不会放弃。

但是找到宿舍来的，只有张丽堂。

连姨丈都知道这个浓眉大眼身段丰硕的女孩子。

他说："现在年轻女子多大胆。"

他妻子沉默片刻："也不小了，硕士班的学生，有二十四五岁了吧，很会打算的。"

吴豫生欠欠身："她选的题目比较困难，怕她不能毕业，只得多帮她一点。"

晓非好似没听进去："她一点也不适合你。"

洪俊德不语，这一点点含蓄的妒意他还可以忍受。

吴豫生叹口气："女性不讲理要到几时呢？"

珉珉笑了，她爱听大人讲话，她从来不喜往孩子堆中找淘伴[1]。

---

[1] 淘伴：吴语方言。伙伴，同伴。

陈晓非问珉珉："你觉得这女生怎么样？"

洪俊德说："豫生的一个女学生不值得我们花这么多时间来讨论。"

豫生说："讲得再正确没有。"

"珉珉才不会喜欢她，是不是珉珉？"

洪俊德温和地对妻子说："够了。"

张丽堂使珉珉想起一个人。

这左右大概没有人记得她了，但是珉珉对她印象深刻，这人令她敬爱的苏伯母早逝。

其实张丽堂跟胡敏玲是两个型。

张比较粗犷爽朗，脸容艳丽，乌发梳一条马尾巴，长长鬓角，不，她同胡敏玲不一样。

第一次来按铃，她看见珉珉，便笑道："我知道你是谁，你是吴珉珉。"

珉珉并不喜欢陌生人与她太亲密，警惕地退后一步，幸亏张丽堂立刻识趣地问："我能进来等吴教授吗？"

珉珉让客人坐在客厅等。

父亲回来了，没有如常般找珉珉问她一整天过得可愉快，他与客人站在露台上谈功课。

那位张小姐站在一幅竹帘下，阳光通过帘子，射在她脸上，一丝丝的横印似老虎斑纹，珉珉觉得她双目中有野心。

过一会儿，她的问题似获解决，珉珉听得她说："那我先走。"

英文大学里的老师对学生都客气地称什么小姐与什么先生，吴豫生说："明天见，张小姐。"

珉珉客气地替她开门，她道谢，自手中一摞书内翻了翻，找出一张书签："送给你。"

那是一张美丽别致的象牙书签，珉珉接过，轮到她向客人道谢。

出了门她又回过头来说："你有一双猫儿眼。"

珉珉一怔。

她笑："我知道你在看我。"

珉珉没有回答。

吴豫生向女儿解释："那是我班上优秀学生之一。"讲完了才发觉他同晓非一样，太过怕珉珉多心，但是又身不由己地补上一句："我对所有学生都一样。"

珉珉把象牙书签搁一旁。

接着一段日子，张丽堂有时一个人来，有时与男同学来，那男生把她送到门口便下楼一直在阳台上等，等得闷便扔石子出气。

参考书多，一条问题便花上几十分钟，珉珉从来不去打扰他们，但是每次她都知道张小姐逗留了多久。

珉珉一直不出声，直到一次她父亲失约。

她到凌教授家参加他们女儿生日茶会，茶会在下午五时结束，珉珉到六点尚在人家客厅等待家长来接，她拨过电话回家，没人听。

天渐渐暗下来，黄昏更加带来恐惧，她一声不响，忐忑不安，暗自着急。

凌太太笑说："我可以送你回去，你有没有门匙？"

珉珉摇摇头。

"不用急，大不了在这里吃晚饭。"

珉珉不出声。

父亲从来没有失过约，她明明与他约好五点。

“来，”凌太太很随和，“我带你参观我们家，这是凌伯伯书房，他是你父亲的副教授你知道吗，你看，这些是今年的试卷草稿，大学生同小学生一般要参加考试呢。”

门铃在这时候响了。凌太太笑：“看，你父亲来接你了。”

她匆匆去开门。

“果然是吴博士，”她说，“珉珉等急了。”

吴豫生说：“抱歉抱歉，我竟忘了时间。”

“不要紧。”

珉珉这时由凌教授书房转出来，静静看着父亲。

“这下子我们真的要走了。”他挽起女儿的手。

手是冰冷的，像是没穿足衣服。

在车子里他向珉珉再三道歉，珉珉直视面前，表情坚定，不露声色，装作一个字听不到，当然也不打算原谅谁。

吴豫生忽然觉得一个小女孩变得这样尴尬，他是罪魁祸首，有什么理由她身边的大人都要追住她来认错？

他轻轻说：“世上不是每件事都能如意，看不开的话，只有浪费更多时间，珉珉，我知道你听得懂。”

她仍然维持那个姿势那个表情一直到家。

进了门回到家进卧室，珉珉并没有大力关门。

吴豫生以为她的脾气已经平息。

第二天早上，珉珉没事似的挽起书包跟他上学，吴豫生莞尔，孩子到底是孩子，再不像孩子的也还是孩子。

放学，珉珉乘校车到家门口，在阳台一角看到张丽堂那个男生坐在石阶上等。

珉珉向他招呼：“好吗？”

男生认得她，没精打采地拾起一枚石子，用力扔出老远，击中对面的围墙，轻而远啪的一声。

珉珉问：“你为什么不上我们家坐？”

小伙子答：“丽堂问教授功课，我不方便在一边打扰。”

“不，”珉珉哈的一声，“我家气氛最轻松，张小姐每次都在我们家喝完下午茶才走，她喜欢薄荷茶加蜜糖，不是吗？”

那小伙子脸色已经大变。

年轻小伙子有什么涵养，女朋友叫他管接管送，叫他在楼下等，等的时间一次比一次长，已经不晓得多委屈多不耐烦，但他迷恋她那盈盈眼波，无可奈何，只得开四十分钟车来，再开四十分钟的车去，满以为她在楼上赶功课是正经事，没想到她叫他日晒雨淋，自己却与那教授享用茶点，把他当什么，傻瓜、小厮、司机？

那天下午阳光猛烈，珉珉用一只手掌遮在眼眉，眯着眼，欣赏小伙子的表情。

“上来呀，”珉珉说，“我邀请你。”

小伙子见有人同情他，越发生起气来：“我不口渴，你上去代我告诉张丽堂，她在五分钟之内不下来，我就把车子开走，你叫她自己乘公路车[1]。”

他的车子泊在一旁，是部红色开篷小跑车。

珉珉笑说：“好的，我代你告诉她。”

她咚咚咚走上楼梯，按铃。

门一打开，珉珉就听见一阵爽朗的娇笑声。

有什么事值得那么好笑，奇怪，珉珉一直到后来，都不明白张丽堂为何笑得那么起劲。

珉珉慢慢走进去，放下书包。

---

[1] 公路车：这里指公交车。

张丽堂看见她，转过身来：“噫，小妹，放学了。”

吴豫生笑问：“今天怎么样，愉快吗？”

珉珉平静地说：“张小姐，送你来的那位先生说，要是你在五分钟之内不下去，他就把车开走，叫你自己乘公路车。”

张丽堂几乎即刻收敛了笑容，又惊又怒。

吴豫生并不知道一直有个司机在楼下等这个女学生，也十分错愕。

张丽堂把事情在心中衡量一下，分个轻重，她此刻还需要这个人来回接她，于是她站起来强笑道：“那我先告辞了。”

珉珉把茶几上的一摞书交还给张丽堂。

她匆匆忙忙下楼去了。

珉珉走到阳台，可以清晰地听到他们的对话。

张丽堂：“你搞什么鬼？”

男生：“我受够了。”

张丽堂的声音充满讽嘲：“你打算怎么样？”

男生：“以后要来你自己来。”

“神经病，人家来做功课——”

“上车！做什么功课，以为我不知道，你来贩卖生藕[1]。”

张丽堂恼羞成怒，把手上的书摔向男朋友。

成摞书跌到地上，那男生只是冷笑，不肯替她拾。

张丽堂有点彷徨，不知如何下台。

终于她男朋友弯下腰去，拾起一摞笔记。

她松一口气，擦一擦眼角的泪印。

“这是什么？”小伙子大吃一惊。

“什么是什么？”

“张丽堂，难怪你天天到这里来磨，原来有这样的好处。”小伙子扇着手中文件，“你太有办法了！这是本年度英国文学系硕士班的试卷！”

“你说什么？”

珉珉一直站近栏杆在看这场好戏，忽而听得父亲叫她。

“珉珉，你在干什么？”

“没什么，”她连忙转过头来，走进客厅去，“我想要一

[1] 贩卖生藕：又称作抛生藕。抛生藕的粤语叫法。指女孩子抛媚眼。

杯蜜糖茶。”

父亲斟茶给她：“张小姐走了没有？”

她答：“走了。”

吴教授讶异：“她为什么不把男朋友也叫上来呢？”

珉珉坐下来，呷一口茶，忽然笑了：“谁知道呢。”

吴豫生一边吸烟斗一边埋头读起报纸来。

珉珉看着天边黄昏彩霞，隔一会儿，放下杯子，回房里做功课。

过了两天，珉珉放学回家，看见张丽堂坐在客厅里，对着她父亲，哭。

只听得吴教授对他学生说：“你根本不应该上这里来，今天早上在教务室对着凌教授已经讲得清清楚楚，校方不得不勒令你退学。”

张丽堂掩住脸边哭边说：“吴教授你知道我是清白的。”

“张小姐，但是试卷怎么会在你身上？”

“我不知道，有人将它夹在我的书里，有人栽赃害我。”

“但它由你那位经济系的同学发现，并且转呈校方。”

张丽堂泣不成声：“他怀疑我移情别恋，他存心要我好看，教授，我真是冤枉。”

吴豫生万分尴尬：“你且别哭，喝杯冰水，冷静一下。”

“教授，我差三个星期就可以毕业，我一直是你的优异生，你难道不相信我？”

“张小姐，幸亏试卷一直由凌教授保管，否则大家都知道你常来我处，连我都脱不了干系。”

“教授——”

吴豫生叹口气：“张小姐，你请回吧。”他站起来，走进书房，关上门，不再理会客人。

珉珉缓缓走到张丽堂身边，看着她。

张丽堂强忍悲痛，抹干眼泪。

珉珉淡淡地问她：“你要不要再喝一杯冰水？”

张丽堂忽然听到声音，吓一跳，彷徨地抬起头来，过一会儿她说：“不，我要走了。”

珉珉问：“有没有人开车送你走？”

张丽堂这才发觉这小孩在调侃她，她不置信地看着珉珉。

珉珉将手自身后拿出来，拇指与食指间夹着张丽堂稍早时送给她的那页象牙书签。

珉珉用另外一只手打开张丽堂的书，把书签夹进书里，轻轻说："还给你。"

张丽堂当场呆住，她如遇雷殛，瞪住这脸容清丽的小孩，过很久很久，用极低的、她自己都不置信的语气问："是你？"

珉珉没有回答这个问题。

她双手捧着书交还给客人："你可以走了。"

"你，是你。"张丽堂发出梦呓般的声音。

吴豫生的声音传过来："珉珉，还不让张小姐走？"

珉珉走到走廊尽头，拉开大门。

张丽堂身子如梦游似的游出吴家，一直喃喃说："不，不，小孩子不会这样害人。"

珉珉在她身后关上门。

吴豫生问女儿："她同你说什么？"

珉珉答："她一直哭。"

"很可怜哪，一次作弊，永不抬头，我们一直不明白她怎么会得到试卷的草稿。"

珉珉不出声。

吴豫生惋惜地说："而且结交一个那样的男朋友。"

这件事，像其他一切的事，随着时间，逐渐淡出。

阿修罗

贰·

与他接触，
倘若不蒙他喜悦，
就必然遭殃。

珉珉生日，阿姨请她喝茶。

珉珉要薄荷蜜糖茶。

阿姨诧异："谁教会你喝这个？"

珉珉不出声。

阿姨想起来："你父亲有个女学生，喏，有一阵老来串门那个，好像就是喝这种异香异气的茶。"

珉珉笑一笑。

"她没事吧，好像不大来了，开头很有一点野心，仿佛想做教授夫人的样子，奇怪，忽然销声匿迹了。"

珉珉没有置评。

阿姨笑了："珉珉，你把她怎么了？"

珉珉到这个时候才抬起眼来，雪亮的目光唰一下看到她阿姨心里去。

阿姨静下来。

很明显，珉珉不愿意有人提这件事，过去了也就过去了，阿姨识趣地顾左右而言他。

小小的珉珉有种威严，懂得用目光、表情、姿势来表达心中的意思，不消说一言半语，旁人已经知道她高兴抑或不悦，接受抑或拒绝一个意见。

许多大人都做不到，所以要叽里呱啦不停地讲话，珉珉却天生有这个本事。

这个时候，她伸出手来握住阿姨的手。

陈晓非很是安慰，知道珉珉仍然把她当朋友。

从什么时候开始，她这么忌惮珉珉？不复回忆了。

吴教授的宿舍又静下来。

不再听到一连串铃似的笑声，珉珉也笑，但最多是露齿微笑，她从未试过仰起头哈哈哈，或是低着头咯咯咯地笑过，她懂得笑，但是不晓得怎么笑出声来。

有时候珉珉对着镜子练，结果变成嘿嘿嘿，有点可怕，她不再尝试。

夏天总有蝉鸣，珉珉坐在露台的大藤椅子上，下巴抵在膝上，全神贯注地胡思乱想。

那时她还不认识莫意长，否则可以拉着意长一起，堕入思流中，随波荡漾，乱发奇想。

她是个非常非常静的孩子，静得别人不常觉察到她的存在。

在女儿小学毕业那年，吴豫生打算应聘到英国做一年客座教授，他同珉珉说：“你想跟我去，还是留在本市？”

珉珉已经十分具有分析能力：“你九个月后就回来的吧。”

“自然。”

“我不去了。”

“你暂住什么地方，阿姨家？”

珉珉笑：“阿姨早已受够我俩，不不！我念寄宿学校好了。”

她父亲沉吟一下：“你应付得来？”

“没问题。”

“那么，假期到阿姨家过？”

珉珉点点头。

她就是那样认识意长的。

稍后她知道莫氏是个大家族，三代同堂，人口众多，且不和睦，叔伯间一共十一个孩子，都被大人送出去寄宿，超过十五岁者通通往英美念书，意长在这等复杂的环境底下长大，自然也是个早熟的孩子，与珉珉一见如故。

她俩被安排在一间房间，珉珉推门进去，看见已经有一个女孩子坐在书桌前翻画报，行李搁一角，尚未打开。

一见珉珉她便自我介绍，很客气但开门见山地问："你喜欢哪张床，近窗还是靠墙？"

珉珉自莫意长的表情知道她喜欢近窗床，于是把行李靠墙一放："这张。"

意长也自珉珉的笑意知道她有心相让，连忙说："谢谢。"

两个人都那么聪明，当然做得成朋友。

那一天，陈晓非以阿姨的身份陪着珉珉搬进宿舍，叮嘱道："不习惯立刻告知我，要命，洗手间在走廊末端，你不怕麻烦？平日娇生惯养，看你怎生适应。"咕哝着出房视察其他设施。

莫意长笑问吴珉珉："你母亲？"

珉珉摇头："不，我阿姨。"

意长诧异问："你妈妈呢？"

珉珉来不及回答，阿姨已经返来："干净倒是很干净。卫生间一点气味都没有，像医院似的。"

珉珉只是笑。

陈晓非说："幸亏你爹九个月后就回来，生活可望恢复正常。"

珉珉忽然收敛笑意，不置可否。

她阿姨一怔，紧张地问："你有什么预感？"

珉珉低声说："一看见这间房间，我有种感觉，好像要在这里住上三五年似的。"

阿姨强笑："这是什么意思？"她想到不祥兆头上去，脸色骤变，"你父亲会得如期返来。"

珉珉说："那当然。"

她阿姨吁出一口气。

"但不是一个人。"

"你是说——"

"阿姨，不必理我，我乱讲。"

她拉起阿姨的手，送她下宿舍大楼。

珉珉与阿姨道别，看着她的车子驶远，向她挥手。

珉珉回房把行李打开，将衣物分放好。

莫意长轻轻拾起刚才的话题：“你母亲已经故世？”

珉珉点点头。

“哎哟，对不起，近世什么病都不难医好，必定是癌症吧。”意长语气十分惋惜。

珉珉躺到床上：“不，她在一场火灾中去世。”

意长恻然，不再加问，递上一盒糖果。

那个下午，意长把她家的环境一五一十告诉珉珉，已经当珉珉是好友。

晚上熄灯睡觉，意长几乎立时三刻堕入梦乡，但珉珉枕着自己的手臂，挨了半个晚上。

终于睡着了，忽然看见满室通红，火，是火，珉珉吓出一身冷汗，“醒来，醒来”，珉珉睁开双眼，只见朝阳满室，莫意长正推她呢，触鼻一阵肥皂清香，可见室友已经梳洗过了。

珉珉连忙起床，匆匆打点自己，准备上课。

还不到三个月，陈晓非在家接了一通长途电话。

洪俊德看见妻子神色凝重，双手捧着话筒，像是举着千斤坠似的，“嗯，嗯，”她说，“没想到，我不知道，你自己同她说，我？我真不知如何措辞，让我考虑一下再答复你。”

晓非放下电话，背对丈夫，不晓得愣了多久。

洪俊德忍不住扳住她肩膀，把她拧过来，问她：“贤妻，什么事，可否让我帮着分忧？”

晓非抬起头来，非常困惑地说：“刚才是豫生的电话，他告诉我，他打算结婚。”

洪俊德一怔，随即笑说：“你好像没有恭喜他。”

“到那边才三个月，怎么可能。”

“也许一早就认识，异乡相处，感情才开花结果。”

她低嚷：“珉珉早就知道了！”

洪俊德听不明白，便问：“珉珉晓得什么？”

他得到的答案是长长一声叹息。

洪俊德一向知道妻子对吴豫生有点特殊情感，便含蓄地说：“你不是也结婚了吗。”

晓非抬起头来：“他托我把消息告诉珉珉。”

“放心，小孩接受这种事实，比大人想象中容易。”

“那你未认识吴珉珉。”

洪俊德不以为然：“珉珉是个极懂事文静可爱的女孩子，从来不给大人添麻烦，我不赞成你的说法。”

晓非不出声。

“让我来向她交代好了，我是她姨丈，不算外人。”

晓非犹疑：“不，还是让我来。”

洪俊德再也忍不住，问道：“你为什么害怕？”

“怕，”晓非强作镇定，“谁怕谁？”她不承认。

“我发现不止一天了，你与吴豫生都怕一个小女孩。”

“没有这种事，你说到哪里去了，我们为什么要怕珉珉？”

“就是呀，我百思不得其解。”

晓非忽然说：“是，我怕，我怕珉珉生活不愉快，我怕她对父亲再婚有过激反应，我怕她与继母合不来，这些的确都是我的恐惧，珉珉自幼失去母亲，我怕她心理受到影响，不能健康成长。”

洪俊德看着她：“洪太太，你说的全是实话，没有瞒住洪先生？”

“豫生真不该把这个难题转嫁我们。”

“也许他不好意思开口。”

晓非气鼓鼓地说：“那么写信好了。”

洪俊德冷眼旁观，仍然觉得妻子对小外甥女有太大的顾忌，奇怪，她爱她，但是对她十分忌惮，为什么？

周末，珉珉一进门，洪俊德便发觉她又长高了。

他由衷地欢喜，迎上去说：“珉珉越来越漂亮，寄宿生活好像挺适合你。”

珉珉与姨丈拥抱一下。

他又问：“与同学们合得来吗？”

“我最要好的同学叫莫意长。”

“那多好，现在你们可是中学生了，一定懂得灌溉友情，使之健康成长。”

珉珉笑，真愧姨丈把一件这样普通的事说得如此文绉绉。

这时候，洪俊德向妻子使一个眼色，被珉珉看到了，有点讶异，然后，她又看见阿姨为难地皱皱眉头。

珉珉决定使他们容易过些，笑问：“有什么话要对我说呢，是好消息还是坏消息？”

洪俊德一怔，莫非吴珉珉真有预感？

他随即失笑，不会的，但这小女孩确有过人的敏感及精密的分析能力，旁人一举一动，均逃不过她的目光，一经推理，不难了如指掌。

“是好消息。”洪俊德说。

珉珉看着他：“不像。”

洪俊德揭开谜底：“珉珉，你父亲决定再婚。”

珉珉一怔，左边面颊连耳朵渐渐发烫，热乎乎的感觉留在那里很久，她一时作不了声。

的确不是坏消息，但珉珉听了只觉得乏味。

阿姨把手搭在她肩膀上。

珉珉终于说：“结婚真的那么重要？你们每个人都想结婚，但不是每个人都想发财，或是求学问。”

洪俊德笑了：“你长大后自然会明白。”

珉珉不出声。

阿姨看着她，请求道：“珉珉，祝福你父亲。”

珉珉感慨地说：“他可不再需要我。”

“怎么会，妻是妻，女是女，截然不同的两回事。”

珉珉无奈地摊摊手："我一早说过，我会流落在宿舍里很长一段时间。"

她走到露台，坐在帆布椅上，眼睛看着风景，不再说话。

洪俊德轻轻说："还是不高兴了。"陈晓非护着外甥女，"这样的反应也还算合理。"

"豫生应该亲自跟女儿说。"

"他的新太太是谁，长得怎么样，我们通通不知道，想起来，连我们都应当生气，把她保护得那么周密干什么，我们又不吃人，什么阿物儿[1]！"

洪俊德看着她微微笑。

"你笑什么？"

"你也不想他再婚。"

陈晓非颓然："是，我没有精力耐心结交新亲戚。"

"或许人家也不耐烦来同你打交道。"

"从此与豫生疏远，是必然的事。"

洪俊德点点头："可以想象，你又不是豫生的妹妹，你

[1] 阿物儿：东西，常用作蔑称或对人开玩笑的称呼。

只是他从前的小姨，身份的确尴尬点。”

“无论怎么样，我们希望他得到幸福。”

洪俊德说：“希望他的后半生过得比前半生愉快。”

陈晓非过去坐在珉珉身边。

珉珉忽然问：“那场火是怎么烧起来的？”

陈晓非一愣：“火，什么火？”

珉珉看着阿姨。

晓非故作镇静：“你听谁说的？”

“没有谁，它在我记忆中，烈火融融，从来没有忘记过。”

“那是一件意外，快快忘记它。”

“那么，他们为何不和，为何不能相爱？”

“大人的事不是你的责任。”

珉珉苦笑：“真的？但我却因之吃苦。”

阿姨握着她的手：“同我相处那五年真的如此不堪？”

“对不起，阿姨，我不是有意的。”

“没关系。”

珉珉说：“我不应抱怨，你们对我已经够好。”

今日她情绪难免有点不安。

“我想回宿舍去。”

“你父亲稍后会有电话来，吃了饭再走。”

“请代我祝福他。”

她阿姨松一口气：“我送你返学校。”

珉珉独自坐在书桌前沉思，莫意长推门进房，不知道室友已经回来，她放下球拍，脱掉外衣，才开亮灯，一看到珉珉，吓一跳，退后一步。

“是你？为什么不开灯，好像有点心事的样子。”

珉珉不出声。

“我们下饭堂去，来，吃了再讲。”

这也是办法。

“我有十五条代数要你帮忙，珉珉，好朋友要互相帮忙。”

学期尾吴豫生返来，带着新太太。

珉珉先看到父亲，他胖许多，大了两三个尺码，珉珉几乎认不出来，可见他这段日子过得的确适意，心广体胖，不在话下。

大家的目光继而郑重地落在新吴太太身上，严格地审核她。

事后陈晓非说："豫生眼光不错，那谷家华品格学识均属上乘。"

洪俊德附和："幸亏我也娶了位大方能干漂亮的事业女性，否则真会自卑。"

珉珉一听，笑出来。

陈晓非说："我一直担心豫生会在他学生里挑选对象，现在一块大石落地。"

"珉珉，你觉得怎么样？"

"我替父亲高兴。"

"珉珉表现得多得体，"阿姨称赞她，"不卑不亢，恰到好处。"

"真的，"洪俊德同意，"很不容易。"

"没想到同我差不多年纪的人皮肤还那么好。"

珉珉连忙说："比不上阿姨白皙。"

这下子轮到洪俊德笑起来。

珉珉觉得寂寥，这上下除出她之外，恐怕已经没有其他人记得那场火灾了。

是应该忘记。

暑假，珉珉回家小住，莫意长来探访她，珉珉这样介绍："我父亲，他的太太。"

意长很意外，事后问珉珉："可以这样说吗？"

"为什么不？"

"她对你好不好？"

"过得去。"

"你对她好不好？"

"我答应过阿姨祝福他们。"

"这是什么话，"意长笑，"没有你的祝福，谁会遭到不幸？你又几时祝福我？"

珉珉只是笑。

蝉声响亮，珉珉如常地沉迷在她的回忆中，时常躲在房间里不出来。

谷家华一见珉珉，就知道这不是个容易应付的孩子，最好的办法是不要去应付她，顺其自然接受她，客客气气，万万不能试图改变她任何习惯，自然也没有必要去故意讨好她，贿赂她。

谷家华同自己说：你嫁的只是吴豫生，不是他整家人。

换一个比较年轻点的继母，可能会沉不住气。

珉珉太客气太懂事了。

谷家华留意她神情，她极少笑，但只要注意到有谁正看着她，珉珉会得即时牵动嘴角微笑，以示礼貌，即使对她父亲都是一样。

谷家华很想去了解她，又怕犯了禁忌，她是不是她亲生倒是其次，问题是她接手管这个家时珉珉早已长大，任何人，包括生母或继母，都再难以探测她内心世界。

这个僵局可能永远打不破。

一家三口还是坐在一起吃晚饭。

吴豫生说："凌教授即将移民，珉珉，你有空同大凌小凌去说声再见。"

珉珉一怔，这种再见最难说，也许就是永远不见。

谷家华说："孩子们适应得很快，外国生活，不是没有优点的。"

这样普通的一句话，已经令珉珉多心，她维持缄默。

果然，她听见父亲问："珉珉可有考虑到外国念书？"

珉珉清清喉咙："大学也许。"

过一会儿她放下筷子，退出饭厅。

谷家华轻轻问丈夫：“她为什么不高兴？”

“青春期的女孩子闹情绪是天经地义的事，别去理她。”

珉珉在门口说：“我去凌家走一趟。”

吴豫生说：“速去速回。”

珉珉出门。

谷家华说：“在这种时候提出留学，好似我们故意遣走她似的。”

吴豫生不出声。

“这间屋子肯定容得下两个孩子，希望她不要多心。”

吴豫生说：“珉珉已是个少女了。”

“她会喜欢多个弟弟或妹妹的。”

“你且别乐观。”

“豫生，你们父女不但隔膜，且互相过分敬畏，”谷家华笑，“两人什么事都放在心里，要不就兜圈子，最好委任一个中间人，摸清楚你们心意，代为传达。”

吴豫生看她一眼：“你肯担此重任吗？”

“不不不，”谷家华连忙摇手，“不关我事，自古好人难做，我可不敢惹你们父女间的旧疮疤。”

“这是什么话，”吴豫生不悦，“你也太幽默了，到了今天，还分你们我们，难道这个家还要分派分党不成。”

谷家华一听，连忙举起双手：“豫生，我投降，对不起，我选错话题，以后我都不会犯同一错误，这一次请你从宽发落。”

吴豫生这才露出一丝笑容。

谷家华暗暗唤一声好险。

“明天装修工人来修婴儿房。”

“杂物都搬清没有？”吴豫生问。

“有一只樟木箱子要抬走，那个位置刚好放小床。”

吴豫生说：“那是珉珉的东西。”

谷家华看他一眼，少女哪里来的樟木箱，想必是她母亲的遗物吧。

“搬到珉珉的房间去好了。”

“要不要征求她的同意？”

吴豫生说：“不用吧。”

谷家华莞尔，为什么例外？他一向把珉珉当老祖宗看待。

樟木箱铜扣已经发绿，谷家华吩咐用人把箱子抬过去，扛至珉珉房中，脚底一滑，用人险些站不住，一松手，箱子坠地，箱盖撞开。

谷家华喊一声糟糕。

“太太，这块地毯滑脚，不应铺这里。”女佣抱怨。

谷家华一抬头，发觉珉珉已经站在房门口，皱着眉头，她不知在几时回来，刚好看到这幕。

“珉珉，对不起，我们想把这箱子搬回你房间来。”

珉珉蹲下扶正樟木箱，铜锁整个甩掉，她也不出声，轻轻拾起，打开箱盖。

谷家华好奇地往里看，这么重，装些什么？

她看到一只穿红纱衣的洋娃娃，与一只照相架子。

珉珉取出洋娃娃，介绍给继母：“桃乐妃。”

“为什么选这个名字？”

“《绿野仙踪》的桃乐妃，这是她的小狗吐吐。”

“我明白了，”谷家华点点头，“这张照片里搂着你的是谁，你母亲？”

“不，这是苏伯母，”珉珉用手指揩去相架上灰尘，“我的朋友。”

“没听你提起过她。”

“苏伯母已经到另外一个世界去了。”她放下照相架。

谷家华一愣。

珉珉却说：“我想把这箱子搬到宿舍去。”

“当然。”谷家华没有异议。

珉珉把箱盖合拢。

谷家华见没有事，便轻轻离开她的房间。

第二天，吴豫生问珉珉：“见过大凌小凌没有？”

“他们不愿意去外国。”

“是吗？”

珉珉忽然说：“不是每个小孩都喜欢过外国生活。”

谷家华抬起头来，这句话是说给谁听的？

他们夫妻俩都不出声。

下午，珉珉经过旧书房，看见继母手拿一幅图画，站在梯架边踌躇。

梯架是工人带来刷油漆用的，一半墙壁已被漆成奶白色，房间非常光亮。

谷家华分明想把这张画挂上去。

珉珉看着她。

她笑着对珉珉说："来看看我画得怎么样。"

珉珉有点意外，她还是个画家？

"这是我大学期间的嗜好，后来专攻商管，把美术荒废良久了。"

珉珉接过那张水彩画。是的，现在她是吴宅的女主人了，屋子里渐渐添增她的品位、她的物件。

珉珉说："我帮你挂。"

"钉子已在墙上，今早工人凿了半天。"

就是钻墙的声音把珉珉吵醒。

珉珉伸出左脚踏上梯架。

"架子可牢靠？"谷家华问。

"没问题。"

珉珉攀到顶，打横骑在上面，把画挂钉上："有没有斜？"

"左角请移高两厘米。"

正在这个时候，忽喇一声，梯架忽然倒下，珉珉小小身体往左直角坠下来。

谷家华本能地闪避危险，说时迟那时快，轰的一声，珉珉结结实实摔在地上，不能动弹。

谷家华吓得呆了，一时间没有反应。

吴豫生闻声扑进房来："珉珉，什么事？"

他扶起女儿，珉珉额角渗出豆大汗珠，一嘴的血。

"什么地方痛？"

"手臂。"口齿都不清了。

"你别怕，我马上送你进医院。"

吴豫生用毯子裹起珉珉，取过车匙。

谷家华颤声上前："让我来开车。"

吴豫生点点头。

他坐在后座，打横抱着珉珉。

往医院不过十分钟路程，他们觉得十个钟头都驶不完。

谷家华充满内疚，急得落下泪来。

抱珉珉入急症室，医生略做检查，笑着对面色死灰的吴豫生说："她撞跌一颗犬齿，还有，左臂折断，要打石膏，来，照了X光[1]再说。"完全不当作一回事。

---

[1] X光：X射线，具有很高的穿透本领，能透过许多对可见光不透明的物质，最初用于医学成像诊断和X射线结晶学。

谷家华松下一口气，坐在长凳上抹汗。

珉珉要在医院住几天。

两夫妻经过一番折腾，已经憔悴不堪，慢步出医院，在门口碰见陈晓非，她瞪他们一眼，连招呼都没打，匆匆进去看珉珉。

谷家华疲乏地对丈夫道歉："对不起。"

吴豫生轻轻说："你亦是无心之失。"

"我不该叫她挂那幅图画，但我看她很想帮忙的样子，不能拒绝她，总而言之，左右为难。"

"珉珉没事，你别多心。"

谷家华深觉乏味。

"哪家孩子没有意外。"

谷家华胸口一阵闷，呕吐起来。

回到家，刚想休息，陈晓非来敲门。

吴豫生说："我来应付她，你且休息。"

陈晓非进门来，当作自己家一样，取了冰水喝，一边抱怨姐夫。

"这是令爱的门牙，是恒齿，以后都长不回来，你们把她怎么了，还有什么粗工要叫她做的，我来替她可不可以？”

“晓非，你别误会——”

“胳臂都断了，有什么误会？”

谷家华苍白着脸走出来：“晓非，这是我们家之事。”

晓非见是她，怒火上升，指着她说：“这个孩子不是你的产业，我随时可以控告你虐儿！”

谷家华分辩：“那是一宗意外。”

“你自己为什么不爬梯子？”

“我怀了孕，不然我不会迟疑！”

陈晓非也是第一次听到这个消息，她沉默了。

过一会儿她站起来说：“珉珉出院后到我家住，不要与我争，她在这里已没有地位。”

谷家华怒问：“原来是你一直灌输她这种不正确信息，怪不得。”

“好了好了，”吴豫生站在两个女人当中，“大家都累极了，明天再说吧。”

他把晓非送到门口。

“晓非，你这一插手令我更加难做。”

“我逼不得已，豫生，那是我姐姐的孩子，我的亲骨肉。”

“我们日后再讨论珉珉的去留问题。”

陈晓非在门口呆半晌，终于说：“恭喜你，豫生，又要做父亲了。”

吴豫生沉默。

陈晓非开门走了。

吴豫生走到书房去，看到妻子托着头静坐一角。

过一会儿他道：“谁说结婚是两个人的事？才怪。”

谷家华挤出一个笑容：“早知同居算了。”

本来没有这个人，也太平无事，好好地过日子，忽然娶了媳妇，亲友要求就不一样，她要知书识礼会得做人，勤力生养，在家是个好妻子，在外又能独当一面，稍有差错，众人便抱怨不已，像是被谁挡了财路似的……谷家华深觉滑稽。

吴豫生打一个哈欠。

“睡吧。”谷家华说。

这也是最好的办法。

半夜，谷家华觉得胸口闷，她不想吐脏床，挣扎爬起，摸着进洗手间，事后觉得口渴，便沿着走廊进厨房，托大没有开灯，拿着杯冷开水出来，踩到不晓得什么，脚一交叉，她整个人扑倒在地。

谷家华觉得这一跤摔得太重，浑身骨头像是要迸散开来，眼前金星乱冒，她知道不妥，当时也不作声，但觉心灰意冷，只顾咬紧牙关强自忍痛。

吴豫生与女佣同时奔出来开亮了灯。

他扶起妻子："觉得怎么样？"

谷家华手中犹自抓住玻璃杯不放，室内大放光明，她这才发觉踩到滑溜溜像蛇似的东西原来就是先头放在珉珉房里的地毯。

她颤声问："谁把地毯拿出来放在这里的？"

女佣满头大汗："不知道，我没有动过它。"

吴豫生说："别理这些细节了，我送你进医院观察。"

谷家华拉住他的手："在你们家，没有什么是顺利的吧，"她明白了，"运程好像被一股神秘力量控制。"

吴豫生不回答，扶起她。

中午时分陈晓非才接到坏消息，她听完了，放下电话，良久不语。

然后她斟出一杯酒，喝一大口，穿上外套，开车去探访病人。

她带着一大束彩色缤纷的花，推开病房门。

谷家华躺在病床上正抽烟呢，见有人进来，怕是护士，骂她抽烟，匆忙间想收起违禁品。

晓非急忙说："是我。"

谷家华松一口气。

晓非过去握住她的手："别难过，有的是时间，生十个都可以。"

谷家华低下头，惆怅地说："恐怕没有那么容易。"

"我支持你。"

谷家华看着她："珉珉支持我吗？"

陈晓非愣住。

"晓非，明人跟前不打暗话，我们都得看珉珉的面色做人是不是？"

晓非强自镇定："你在说什么，她就算倔强刁蛮点，此刻也躺医院里，你累了，心情又坏，才胡思乱想，我同你一样，想做母亲想得发疯，我了解你的失望。”

谷家华牵一牵嘴唇，刚想说话，一个看护推门进来，缩缩鼻子，闻到烟味，呱呱叫起来：“谁，谁抽烟？”叉着腰，瞪着眼。

晓非连忙顶缸：“我，是我不好。”

“出去，你马上出去。”

晓非对谷家华说：“我明天再来。”

另一翼儿童病房里珉珉的左臂已打了石膏，她的同学莫意长正羡慕与兴奋地在石膏上签名留念。

珉珉看到阿姨，忙问：“我什么时候可以回家？”

一脸盼望天真，并不知道外头发生了什么事。

晓非在床沿坐下：“珉珉，你继母失去了她的胎儿。”

珉珉一怔：“原来她怀孕？”

晓非点点头。

珉珉说：“她没有告诉我们，此刻她是否非常颓丧？”

“有一点。”

珉珉也很懊恼：“快乐的人才比较好相处。”

“不要紧，出院你到我家来。”

莫意长根本不知道她们说些什么，就插嘴说："吴珉珉不如到我家来住。"

她们都笑了。

待小同学告辞后，陈晓非轻轻问珉珉："你同你父亲争吵过？"

珉珉抬起眼来："没有。"

"记住他爱你。"

珉珉遗憾地答："他再也不需要我，我在家里，越帮越忙，十分尴尬，他们打算把我送到外国去呢。"

陈晓非安慰她："现在不会了。"

"阿姨你怎么知道？"

陈晓非肯定地说："他们已经知错，一定改变初衷。"

石膏还没有除掉，珉珉就到莫意长家去玩。

莫家住三层楼高的小洋房，每一代占一层，游泳池公用，要坐公家车，每早九时正与十一时开出两次，逾时不候，吃饭也一样，准十二时与七时开大锅饭，不出席者自误。

珉珉啧啧称奇。

泳池里人头之多，也宛似公众康乐设施。

珉珉悄悄问意长："你最喜欢谁？"

意长遗憾地说："我只告诉你，我最不喜欢谁。"

"谁？"

"穿霓虹紫两截泳衣的惠长。"

珉珉一看："她比你大许多。"

"两岁罢了。"

珉珉诧异悄声说："但是她有胸脯。"

意长酸溜溜："天晓得她从何得来。"

"她身边男生是她密友？"

意长点点头。

珉珉问："他又叫什么名字？"

"小邱，邱进益。"

珉珉又问："家长准她拥有男朋友？"

意长忽然笑了："吴珉珉你今天健谈得很，往日一星期也不见你说那么多话。"

珉珉低下眼笑。

"你伤了手，不然也可以趁一下热闹下池去泡泡。"

穿霓虹紫的惠长上池来，取过毛巾擦着她那头惊人长而鬈的头发，看见堂妹意长，只用眼角一瞄，含笑问："丑小鸭还没有变天鹅来行下水礼吗？"

猛然见堂妹身后有个陌生女孩，高挑儿、秀丽、白皙，与众不同，她忍不住向珉珉行注目礼。

这时候小邱也过来了，看见珉珉手上打着石膏，倒是觉得新奇，因此问道："发生什么事？"

意长代答："意外。"

珉珉不出声。

小邱接着问："我可否签名留念？"一边走过来看，"上头已经有三四五六七……十多个签名了，这幅漫画是谁画的，待我把电话号码也写下来。"

意长连忙递笔给他，她笑吟吟看着堂姐惠长。

惠长脸色难看，不耐烦地叫："邱进益，你有完没完？"

小邱放下笔，笑着向珉珉挥手而去。

意长大乐："气死她。"

珉珉很羡慕："你们真热闹。"

"珉珉，多谢你帮我出这口气，你真是我好友。"

游览过四处，珉珉问："谁付账负担你们豪华优游生活？"

“祖父。”

珉珉明白了。

正说得高兴，意长忽然停住脚步。

珉珉转过身子，看见她们前面站着一位蓄白须穿唐装的老先生。

意长即时垂手站住，屏息低头。

珉珉马上知道这是谁，这是一家之主莫老先生，意长的爷爷。

只听得莫老先生问：“这位小姐是谁？”

意长连忙说：“我同学吴珉珉。”

他目光炯炯上下打量珉珉，讶异的神情毕露。

珉珉静静地避开他的目光。

过半晌老人挥一挥手：“去玩吧，意长，好好招待吴小姐。”

意长大声应“是”，拉起珉珉的手便走。

走到一半，珉珉忍不住转过头去，没想到莫老先生也正转过头来看她，一老一少的目光终于接触到，珉珉微微一笑，老先生迟疑一下，缓缓走开。

珉珉说：“你爷爷有一双明察秋毫的眼睛。”

意长笑："被你猜中了。"

"老人家精神那么好，一定很懂得养生之道。"

"别讲他了，"意长说，"让我们去找小邱。"

"不。"

"珉珉，帮帮忙，我受惠长的气不止三五天甚至三五年了，我们想个办法叫她下不了台。"

珉珉低声说："我不敢在你家淘气。"

意长一怔。

"你爷爷知道我是什么人。"

意长反问："你是什么人？你是我好同学。"

珉珉看着意长，眨眨眼，笑了。意长只觉得她眸子里晶光闪闪。

意长忍不住问一声："你是谁？"

珉珉答："我是你最忠诚的朋友吴珉珉。"

黄昏聚餐，珉珉自然与意长一起坐，那位小邱老实不客气过来占了另一边空位置，惠长十分不悦，一个人跑到老远去坐。

小邱斗胆，并没有央求她坐回来，众弟兄姐妹已经感觉到好戏即将上场，皆笑眯眯静候剧情发展。

珉珉不动声色。

她只得右手有活动能力，小邱更加名正言顺地为她服务。

作为一个客人，珉珉觉得她有点失礼，作为一个女孩子，她又感觉到三分欣喜。

美丽骄傲的惠长输了一局，气愤得脸色发白。

饭后邱进益问珉珉："你想不想听音乐？"

珉珉微笑："聪明人要懂得适可而止。"

小邱一怔，讶异地看着珉珉："你比你年龄成熟。"

珉珉回报："恐怕是有人比他们的年龄幼稚之故。"

小邱后退一步，他小瞧了这个女孩子，她不只是一张漂亮的面孔。

他转身走开。

珉珉一个人在大屋漫步，她手持香槟果汁，走两步饮一口，其味无穷，十分逍遥。

她听到歌声，古老的留声机正播放一首旧歌，女高音颤抖无奈惆怅地唱："有一日当我们年轻的时候，一个美丽的五月早晨……"

珉珉站在走廊，知道歌声自图画室内传出，但是不想冒昧进去。

正在犹疑，她听得房中有人说："吴小姐请进来。"

珉珉于是轻轻推开门。

她看见莫家老爷坐在安乐椅上听音乐。

"请坐，吴小姐。"

珉珉依言坐下，她把杯子放茶几上，莫老也把留声机关掉，两个人都决定好好谈一谈的样子。

图画室内一片静寂，听得到园子外年轻人的欢笑声。

过一会儿，莫老先生轻轻问珉珉："吴小姐，你可知道宝贵的时间溜到什么地方去了？"

珉珉摇摇头："不，我不知道。"

老先生苦笑："我也不知道。"

珉珉笑了。

"你跟意长是好朋友？"

珉珉点点头。

"十一个孙儿当中，惠长排第三，意长排第八。"他停一停，"将来，你会与她俩有颇大的纠葛。"

珉珉忍不住讶异地问："你可以看到将来？"

"我不用眼睛，我用心思，凭我的经验，我可以猜到将来会发生些什么事。"

珉珉觉得老先生有趣极了，"灵验吗？"她大胆地问。

老先生回答得很幽默："过得去。"

珉珉松弛下来。

老先生取起身边放着的一本书："吴小姐，容许我读一段书给你听。"

珉珉欠一欠身，做洗耳恭听状。

老先生缓缓说："佛经中，有天龙八部，一天，二龙，三夜叉，四乾达婆，五阿修罗，六迦楼罗，七紧那罗，八摩罗迦，是八种神道怪物。"

珉珉没想到莫老先生会向她说起童话故事来，深觉好奇。

"阿修罗这种神道非常特别，男的极丑陋，而女的极美丽。阿修罗嗜斗，每有恶战，总是打得天翻地覆，所以我们称大战场为修罗场。阿修罗性子执拗、善妒、刚烈，能力很强。"

珉珉侧着头，看住老先生。

莫老合上书："吴小姐，每个人的血液中，都仿佛藏着阿修罗呢。”

珉珉微微一笑，不出声。

莫老先生叹口气。

珉珉笑说：“只有神话故事人物，才见那样的力量。”

老先生却说：“在真实的世界里，也有这样的人。”

珉珉问：“什么样的人？”

“与他接触，倘若不蒙他喜悦，就必然遭殃。”

珉珉睁大眼睛：“真的？”

老先生凝视珉珉。

室内静寂一片，正在这个时候，图画室外传来意长的声音：“珉珉，珉珉，你在哪里？”

老先生站起来，轻轻说：“吴小姐，请你高抬贵手。”

珉珉没有回答，退后一步，拉开房门，走出去。

意长迎上来，十分讶异：“你在图画室？”她悄悄把珉珉拉到一角，“我爷爷在里边。”

珉珉微笑着说：“他说故事给我听呢。”

意长也笑：“年纪大了就是这样，来，我们走吧，该送你回家了。”

莫宅门口排着一列车子，其中一辆银灰色鹞子型跑车滑到珉珉面前，司机高声说："吴珉珉，我送你一程。"

珉珉定睛一看，来人正是邱进益。

珉珉还没来得及摇头，一旁已经传来一声娇叱："吴珉珉，你敢！"

这是莫惠长，她已经更衣，穿鲜红色白圆点大洒裙，两只手叉在细细的纤腰上，瞪着吴珉珉，意欲动武。

众青年围上来。

连意长都屏息看珉珉如何回答。

只见珉珉好整以暇地笑一笑，然后平静地说："你说得对，我不敢。"

大家忍不住异口同声叫出来："什么？"

珉珉绽开笑脸，露出雪白贝壳似的整齐的牙齿，悠然跳上莫家的大车。

意长挤到她车边，关上车门，抱怨："你真是。"

珉珉拍拍意长手背。

才十五六七八岁就开始比武，挨不到成年，就累死了。过些时候她的好同学会原谅及了解她今日的选择。

银灰跑车的主人却被吴珉珉临别那个“不在乎让你赢谁同你争这等事”的潇洒笑容迷惑，他坐在车子里良久不能自已，十分震荡。

他所认识的百来个女孩子里边就数她最特别。

暑假过后，珉珉与意长仍然共处一室。

意长的功课一塌糊涂，老是交不足，她喜欢戴耳机听音乐，一边把时装杂志放在膝上翻阅。

邱进益公然把车子开到校门口等。

女校虽然有这种事，但珉珉到底不是高班生，怕校方干涉，因而紧板着小面孔，只是装看不见。

邱进益问：“吴珉珉，你对我有偏见，一个机会都不给我。”

珉珉皱上眉头：“这部车子既难看又嚣张。”

意长说：“我不介意。”她上了车。

周末，在阿姨家，珉珉接受姨丈的访问。

“请问吴珉珉小姐中学几时毕业？”

“还有两年多。”

“读书期间就有银色跑车在门口等，请问应不应该？”

珉珉笑："姨丈真会转弯抹角，原来又是听教训，那车不是等我，是等莫意长，那司机本来接载意长的姐姐惠长，现在意长坐了上去。"

姨丈直摇头："小小年纪就搞三角关系，怎么读书呢。"

珉珉拍手，耸耸肩："谁说不是。"

"阿姨说你帮莫意长抄功课直至深夜，可有这种事？"

"谁向阿姨打小报告？"

"你别管。"

"是我父亲吗？"珉珉微笑，"他现在都不同我说话了。"

"专门找我做丑人，"洪俊德抱怨，"做传声筒。"

珉珉看着老实的姨丈笑。

洪俊德说："在我眼中，你永远是那个沉默的小女孩，我不怕你多心，有话直说。"

"姨丈一向对我最好。"

君子可以欺其方[1]。

---

[1] 君子可以欺其方：语出孟子《校人烹鱼》，原文是"君子可欺以方，难罔以非其道"。意思是说，正人君子可以用合逻辑的方法欺骗他们，难以用不合逻辑的方法欺骗他们。

过两日，小邱又来了。

这次他没有开跑车。

他骑着的是一辆古老脚踏车，前轮大后轮小，扶手前还有一只铁丝篮，篮里装着一大束紫色鸢尾兰。

看到珉珉，他问："你可喜欢这辆车？"

珉珉走开。

小邱跟在她身后。

整条街的高低班同学都向他们行注目礼。

意长刚自图书馆出来，看到那辆可爱的脚踏车，忍不住，把书包扔给珉珉，跳上后座，跟邱进益一直下山坡去了。

珉珉摇摇头，背着两只书包回宿舍。

她习惯低头走。

有人挡住她路，珉珉看到，一双玫瑰红的高跟鞋。

她缓缓抬起头来，再看到一双睁得滚圆的大眼。

是莫惠长。

珉珉低下头，装不认得她，绕向左边，避开她，哎，但是珉珉往左，莫惠长亦往左，珉珉只得往右，莫惠长又往右，总而言之，她立定心思要挡在她面前。

珉珉只得站定。

莫惠长沉声问："吴珉珉，邱进益在什么地方？"

珉珉答："你可以看见，他不是与我在一起。"

"你把他藏在哪里？"

珉珉忍不住反问："以你无比的聪明来推理，我能把一个一米八高的男孩子藏在什么地方？"

惠长气结，细想一下，又觉有理，声音不由得放轻："你可知道他在哪里？"

珉珉点点头："肯定是一个他不想你知道的地方。"

惠长一听，用手掩着脸。

珉珉发觉她手里捏着一把童军尖刀。

珉珉轻轻退后一步。

惠长果然专程来争风喝醋。

她放下手，瞪着珉珉说："如果让我知道这件事与你有关，我决不放过你。"

珉珉到底还是小孩子，忍不住说一句："你疯了。"

"疯？"惠长冷笑一声，"你母亲才是疯子，放火烧全家，自焚而死。"

珉珉耳畔嗡的一声，她再也听不到惠长接着说些什么，只看见她嘴唇嚅动。

过很久很久，珉珉才回过神来，她定睛一看，惠长已经离去，她玫瑰红的裙子在树丛中一闪而过。

珉珉回到宿舍，扔下两只书包，往床上一躺。

她把惠长所说的话翻来覆去思想，越想越乱，脑袋中似有一行列车驶过，轰轰轰轰轰，然后经过黑漆的山洞，忽然爆炸，炸为齑粉，珉珉受到极大震荡，本能地用双手抱头颅，缩成一团。

她因惊怖与痛苦呻吟。

“珉珉，珉珉，你怎么了？”

是意长回来了，伸手推她。

“珉珉，你不舒服？”

珉珉睁开眼睛，看到意长红粉绯绯的面孔。

她冷静下来，微弱地说：“我做噩梦了。”

“又是那场火灾？”意长问，“你又看到房间中熊熊烈火？”

珉珉点点头。

意长把她自床上拉起来，她忽然看见床角下两只书包，哎呀一声：“你还没有做功课，那我问谁抄？”

珉珉靠在墙角：“交白卷好了。”

意长咯咯笑起来。

“我们在山顶兜风。”意长告诉珉珉。

珉珉不出声。

“小邱明明针对你而来，珉珉，此刻让给你还来得及，迟些时就不准讨还了。”意长笑。

珉珉说：“那是惠长的朋友。”

意长跌在床上，不在乎地说：“管她呢。”

“太危险了。”珉珉冲口而出。

意长说：“我一直喜欢他，我不觉得有什么不对，大家有选择朋友的自由。”

“也许惠长跟他另有默契。”

“你指婚约？不会的。”

珉珉不再置评，她虽然还小，也知道多说无益，徒然令意长生厌。

珉珉不能忘记惠长手中那把童军刀。

那么年轻那么偏激那么冲动，也只有他们莫家的孩子。

顶着台灯做功课，一夜睡不好，第二天珉珉喉咙痛，含着消炎糖，珉珉更加不想说话。

下午她约了阿姨在饭堂等。

陈晓非准时迎上来，看到苍白的珉珉，忙问什么事。

珉珉咳嗽一声，理一理手上的书，喉咙微微沙哑，说道："阿姨，把那场火灾的来龙去脉告诉我。"

陈晓非一愣，随即说："珉珉，我已说过多次，那是一宗意外。"

"你确定？"

"我不在场，但当地消防局的确报告说，现场有明显的痕迹由电线走火形成。"

珉珉凝视阿姨，想在她面孔上寻找破绽，陈晓非是何等样角色，怎么会让小外甥女找到蛛丝马迹，两人对峙良久。

珉珉道："外头人不是这么说。"

她阿姨摆手："我一向不听鬼叫，你千万别把闲言闲语转告我，我劝你也不要理会。"

过半晌珉珉点点头。

"老远叫了我来就这个？"

“是，我有怀疑，我记忆中的母亲太不快乐。”

“你几时见过快乐的成年人？”

说得很对，珉珉没有借口再盘问下去。

“我从没见过有像你这样多回忆的少年人。”

珉珉牵牵嘴角：“是，我可以想到老远老远的世界去。”

她阿姨憧憬地微笑：“那时候，花正香，月正圆，罗密欧还正爱着朱丽叶。”

珉珉也只得笑起来。

“不要为回忆昨天而错过今天。”

珉珉知道阿姨并没有把全部事实告诉她，也许，也许再过三两年，她可以重拾这个话题。

陈晓非回到车上才敢垮下来，她把脸搁在驾驶盘上休息。

珉珉晶莹的目光已烙在她心中，一闭上眼就看得见。

珉珉要知道真相。

过很久，这个为难的阿姨才把车子驶走。

珉珉在饭堂刚想喝完最后一口咖啡，邱进益已经来到她的面前。

珉珉失笑，他好像真想同时间约会三个女孩子。

小邱讶异："你还没有听说吗？"

珉珉没有追问，怕是小邱故弄玄虚作弄她，待她问时，他又不肯说。

小邱说下去："惠长同意长的爷爷刚刚进医院，姐妹俩已经赶去见老人家最后一面。"

珉珉一怔，那个白须老先生，坐在图画室听《当我们年轻时》那位老先生，问小女孩时间溜到哪里去了的那位老先生。

不知怎的，珉珉心头一松。

她闭上眼睛，吁出一口气。

珉珉示意小邱说下去。

邱进益说："听讲老先生昏迷中不停轻唤一个人的名字。"

珉珉缄默。

小邱问："会不会是年轻时爱人的名字？她叫阿秀娜，Asura，很美丽的名字。"

"不，"珉珉忽然开口说，"这名字不好。"

邱进益一愣，随即高兴地说："你终于肯讲话了。"

珉珉掉头而去，小邱跟在身后。

“假如你认识我，你会知道我也有优点。”

当然，珉珉肯定他有极可爱的地方，但是她此刻正在想另外一件事。

她要回宿舍去等意长回来。

这件事对莫家肯定会造成若干变故。

意长在这个时候也许会需要朋友。

果然，傍晚时分，她回来了，呜咽地推开门：“珉珉，你在吗？”

珉珉伸手开亮灯：“我在等你。”

意长用手掩着脸：“爷爷故世了，家里乱成一片，叔伯们急着搬出大宅去享受自由，我的父亲不在本市，现正赶着回来，珉珉，我从没见过这种场面，我害怕。”

“躲在宿舍里最好，外头平静了，自然会来找你。”

“假使他们从此忘记我这个人呢，”意长十分担心，“谁来替我付学费？”

珉珉安慰她：“不会的。”

意长沉默下来，拉开抽屉，自杂物底下取出一瓶二号白兰地，旋开瓶盖，喝一口定神。

珉珉微笑。再过数年，她也无可避免地发现了酒的好处：一抵达非去不可心痛极恶的场合，对着面目可憎，且有过犯的人，喝一口浓酒，可以增加忍耐力；再喝一口，眼前泛起一片蔷薇色，环境与闲人不再造成逼力，可以自得其乐坐整个晚上。

彼时珉珉却说："你哪里弄来的酒，舍监发现，要记大过。"

过两日，意长带来的消息更刺激，莫宅第二代几位成年人纷纷将大宅内有价值的陈设抢着搬走或抬走占为己有，老先生房内小型保险箱也被开启，至少有一批古董手表及袋表不翼而飞。

意长气愤地说："而我父亲竟不在场！"

珉珉骇笑。

到最后，宣读了遗嘱，意长父亲那一支并没有得到什么，惠长那边比较好一点，因为她母亲手头有投资，两家都搬出大宅，大抵没有什么机会再聚会见面。

意长说："这样更好，邱进益若找我，不必避开她。"

"你真的喜欢他，抑或用他做报复工具。"

意长答："我喜欢他。"珉珉记得那是一个深秋，早上已经开始下微雨，后来雨势渐急，她自书包取出一方丝巾裹头上，匆匆走过校园，听见有人叫她，珉珉不用回头，也知道那是邱进益。

她没有为他放缓脚步。

他追上来，她抬头一看，吓一跳。

小邱左眼肿如核桃，又淤又紫，分明是被什么重物击过，或是被谁打了一拳。

他轻轻说："惠长的水晶镇纸。"

摔不死他算够运，珉珉不由得笑起来。

小邱两只手插在裤袋中："其实她们两个人都误会了。"

珉珉看着他。

小邱说下去："我的目标不是她们。"他停一停，"相信你一直都知道。"

珉珉不出声。

"我决定在稍后告诉她们，我约了惠长与意长在同一地方见面。"

珉珉惊问："你难道不能更含蓄地处理这件事？"

“开门见山说明白岂非更好。”小邱笑笑。

他转头走了。

珉珉奔回宿舍，推开房门，看见意长正在挑外出服，把一件一件裙子往身上比。

珉珉拉住意长：“别去。”

意长意外地问：“你可知我约了谁？”

“无论是谁都不要去。”

意长笑：“我一定要去。”

“那么与我一起去。”

“我去见邱进益，怎么可以允许第三者参与。”

珉珉急得如热锅上蚂蚁。

眼看着意长笑眯眯穿上新衣披上外套，珉珉一点办法都没有，她多么想阻止她。

过一会儿珉珉问：“他来接你？”

“不，我自己去。”

“下雨呢。”

“不要紧，就在学校转角的兰香冰室。”

珉珉沉默。

她坐着的方向刚好对着窗外，灰色的天空，棕色的枯枝，清寒的空气都似触动她的回忆，有种似曾相识的感觉，珉珉记得坐在婴儿车里，由保姆推到公园去，就是这种时节，珉珉顿时感觉到不祥的兆头。

她恳求："意长，请你不要去。"

意长笑："我又不是私奔离开宿舍以后不与你见面。"

"意长，我答应过你爷爷照顾你。"

"什么，你说什么，"意长拾起手袋，"我走了。"她轻快地溜出宿舍。

珉珉抢过大衣，披上追出去，已经失去意长踪迹。

她问了好几个途人，才知道兰香冰室的正确地址。

珉珉急步奔上斜坡，肺部像是要炸开来一样，喘着气，推开玻璃门，一看到冰室里的情形，她已经呆住，太迟了，事情已经发生。

珉珉看见意长躺在地上，邱进益呆站一边，惠长的手握着她一贯带在身边的童军刀，四周围的茶客吓得只会呆视。

这是一个凝境，只维持了两三秒钟，场面便沸腾起来，珉珉听得尖叫声脚步声，有人用力推开她夺门离开是非之地，亦有人高呼报警，邱进益蹲下托起意长的脸，惠长的手一松，利器当一声落地，她用双手掩住面孔。

珉珉知道她也许只需早来一分钟，这件事就可以避免。

她束手无策，靠在墙角，闭上眼睛。

警察已经来了。

他们即时带走小邱与惠长。

救护车跟着抬走意长。

珉珉呆呆坐在一张圆台前，真好笑，冰室伙计居然给她斟来一杯咖啡。

冰室主人为警察录口供。

“长头发穿红裙子少女先到，先是很高兴的样子，叫了菠萝刨冰喝，不到五分钟，那男孩子也进来，刚说两句话，另一个女孩赶到，一见红裙，便发脾气扑向她，男的想分开她们，但力气不够大，只接触一下，短发少女便倒在地上了。”

冰室地板是一大块一大块绿白阶砖，意长倒地那一处染有朱砂色的血迹。

冰室主人感喟地说：“我敢说他们三人之中没有一个够十八岁，社会风气怎么了，年轻人又怎么了，这个美丽的世界已经百分百属于他们，我们那一代想都不敢想象的物质他们应有尽有，到底是什么令他们不快乐？”

年轻的警察当然没有答案。

他过来问珉珉：“这位小姐，你看到什么没有？”

珉珉摇头：“没有，我刚进来。”

警察收队，冰室又静下来。

珉珉又坐一会儿才离开冰室回学校去。

意长的伤口在腰际，经过缝针，已无大碍，据说很够运气，偏差一点，便会伤及重要器官。

珉珉去探访意长。

她的好同学躺床上，脸容十分憔悴，像是一夜之间大了十年。

看到珉珉，她不语，紧紧握住同学的手。

珉珉谴责她：“玩出火来了。”

意长看着珉珉：“你早知她会伤害我。”

“你们两个人的脾气都那么坏，忙不迭伤害对方，引为乐事。”

意长沉默一会儿才说：“惠长要接受精神治疗。”

“学校已经叫你退学。”

“我知道。”意长落下泪来。

珉珉用手托着头，她也不舍得骤然与意长分离。

“这样一来，父亲势必会把我送出去，我再也找不到比你更好的朋友。”

“往后的日子那么长，没有人会知道将来的事。”

“四年多的交情，我真舍不得。”

“意长，我们仍有机会见面。”

这时意长的父母进来，珉珉只得告辞，意长一直向她挥手。

过一个月，意长就被送到加拿大去，开始半年还有信回来，日子久了，可能比较习惯那边，可能认识了新朋友，渐渐音信全无，连贺年片都没寄一张。

莫宅的老房子也拆掉重建，很快盖成十多层高的新式公寓。

没有人再记得莫意长，除了吴珉珉。

但是她宿舍房间另一张床位，始终没有人来填充。

不是没有新同学来看过，她们一坐下，就觉得浑身不舒服，嫌房间暗，又说窗外一株树长得太密，枝叶摇拂起来，鬼影幢幢。

又闻说吴珉珉有个不爱说话的习惯，甚受老师欢迎，但做她室友，又是另外一件事，整晚无人闲聊，只怕会患幽闭症。

余下两年中学生活，珉珉独享二室。

假期如有选择，她一定往老好姨丈家度过。

珉珉日益与父亲生疏。

阿姨笑问："还有小子开车到校门口等你吗？"

珉珉这才想起来，真的，这个人呢，骤来疾去，神出鬼没，许久没有看见他了，没人关心他的下落。

珉珉淡淡答："从来没有人在校门等过我。"

阿姨看她一眼，当同龄女孩急着解释一件事的时候，珉珉已经懂得否认。省事得多了，一句话便可以把来人打发掉。

"一整个暑假没事做，怪腻的。"珉珉换了个话题。

她姨丈问："你想不想做暑期工？"

"哎呀，我同学温锦兰也已找到了暑期工。"珉珉怪羡慕。

陈晓非想阻止丈夫已经来不及。

洪俊德笑说："我师弟小赵那里想找人整理资料。"

陈晓非急急说："珉珉太小了，不会应付。"

珉珉已经把握机会问："是什么性质的工作？"

多年的夫妻，洪俊德已经知道妻子不赞成这件事，于是转了口风："相当枯燥的剪贴功夫。"

"听上去好像猢狲都会胜任。"珉珉笑。

陈晓非瞪丈夫一眼。

洪俊德说："那么，我替你搭线吧。"

珉珉高兴说："姨丈，我知道你最关心我。"

她阿姨十分不悦，趁她走开，向丈夫："这次是你多事了。"

"她那么寂寞那么无聊，走开一点对她有益，小赵是个可靠的人，你何必顾虑。"

"到今天，你也应该有点感觉，珉珉去到一个地方，那里的人的命运便会因她出现而产生变化。"

洪俊德温和地答："你的出现亦改变了我的命运，人与人的关系亘古以来就是这样的，你别多心。"

陈晓非不由得叹一口气："那小赵，是个怎么样的人？"

真的，吴珉珉也想知道。

阿修罗

叁·

你是一个可怕的精灵，
我不知道你是谁，
但是我不会接近你。

接到姨丈通知后第二天珉珉便自行乘车到赵宅。

一位女秘书引她进书房，给她看储物室里堆积如山的旧报纸，笑道："把红笔勾出的一段剪出，依次序贴好，再影印一份，缺篇空一格，注明号码，工作时间由下午三时至六时，四点整休息半小时吃英式下午茶，这部小小收音机供你使用。"

这么清晰的指示，想得这么周到，珉珉向秘书小姐道谢。

那位年轻的小姐轻轻吁出一口气："呵，是，赵元熙的确是个无微不至的人。"脸上有许多怅惘，欲言还休。

珉珉工作了整个星期，都未有见过赵氏本人。

他大概在办公室里。

珉珉很快知道，她要剪的资料，是刊登在副刊上的一段言情小说，发表日期在七年之前，并不是新作。

作者，可能是位女性，笔名吕学仪。

珉珉几乎可以肯定她雇主与这段小说根本没有关系，姨丈告诉过她，赵氏的专业是建筑。

他独身，一个人住在这间布置成灰黑两色非常新颖的公寓里。

珉珉推想吕女士是他的朋友，他受她所托，做这件琐碎艰巨的工作。

珉珉没有读闲书的习惯，这是她第一次看小说，寓工作于娱乐。

每天下午准四时，女仆把茶点拿进书房：大吉岭红茶、青瓜三明治以及小小两只甜饼。

说也奇怪，到了这个时候，珉珉便特别饿，忙不迭坐过去，开启收音机，一边听午间音乐，一边享用小点。

但愿自学校出来，也可以找到这样理想的工作。半小时后，女仆会进来取走茶具，斟上清水，珉珉站在窗前看一下海景，便回书桌工作。

她估计要两个月才可以完成所有工作。

一日下午，她刚吃完三明治，用毛巾抹过手，预备站起来，书房两扇门忽然被推开，珉珉抬起头，看到一个披着毛巾浴袍头发面孔湿漉漉的男人站在门口。

他与她同样吃一大惊，一时不知对方是谁。

珉珉睁大双眼看着他。

那男人退后一步，忽然之间想起来："对不起，对不起，是我冒昧。"他退出去关上书房门。

地毯上留着几个湿脚印。

这个时候，珉珉也知道这个人必定是她的雇主赵元熙了，她并不介意刚才那一幕，坐下来继续工作。

赵元熙比她惨得多，一个成年男人在小女孩面前失态是最最猥琐的事，他一生讲究姿态，没想到今日出了纰漏。

已经够懊恼了，偏偏祸不单行，那小女孩竟长得那么美丽，他一推门进去，什么都没有看见，已经接触到寒星似的一双眼睛。

她还小，还不懂得运用眼神，已经这样摄人，赵元熙会同情十年后与她交换目光的异性。

他连忙更衣穿戴整齐了出来，清清喉咙，才敲响书房门。

珉珉给他开门。

赵元熙一直以为小女孩通通戴近视眼镜长疱疱穿小白袜，动辄咯咯咯缩着肩膀笑，由此可知他是多么落后。

他呆半晌方说：“我是赵元熙。”

珉珉也说：“我是吴珉珉。”

“我们还没有见过面呢。”

珉珉点点头。

“工作进行得如何？”

珉珉答：“很顺利。”

“那几个长篇写得还可以吗？”

珉珉很有礼地答：“情节十分动人。”

赵元熙解释：“作者是我的一位朋友，她没有这几篇小说存稿，我托人替她找旧报纸，剪贴好了送上去，好给她一个意外惊喜。”

珉珉十分讶异，果真体贴入微。

“谢谢你帮忙。”

珉珉笑一笑。

“我还是让你继续工作的好。”

珉珉看着他出去，低下头，把稿件依次序影印。

六时整，她伸一下懒腰，收拾东西下班。

自书房出来，看到赵元熙坐在玄关一张长凳上。

珉珉讶异，他没有出去，原先以为他换套衣裳就会走的。

不过，这是他的住宅，他是主人。

“珉珉，”他说，“我送你一程。”

珉珉觉得推辞太麻烦，便点点头。

赵元熙开一辆舒适的轿车，交通虽挤，珉珉心情倒十分优游。

但是赵氏却发觉他手心不住冒汗，越来越滑，越来越腻，甚至握不住方向盘。

他惊异到极点，这是为什么，难道一切都为着身边这小孩子？太荒谬了。

过半晌，他问珉珉：“你住姨丈家里？”

珉珉点点头。

“父母呢？”

“他们每年暑假都出外旅行。”

“你不随行？”

珉珉微笑：“我已经长大。”

赵元熙想，父母不爱她。

车子驶进停车场，刚好碰见洪俊德。

小赵见到师父，有点心虚，马上报告：“我顺道送珉珉回来。”

他师母的目光使他别过头去。

洪俊德说：“上来喝杯咖啡吧。”

小赵忙不迭答应。

大家坐定了，洪俊德打趣问：“你同女作家的罗曼史可有进展？”

赵元熙不出声。

陈晓非批评说：“你那女作家感性有余，天分不足，故作多愁，稍嫌矫揉。”

赵元熙抗议：“见仁见智耳。”

洪俊德笑起来：“几时介绍我们认识她？”

赵元熙没有回答，过一会儿他问：“珉珉有多大？”

陈晓非板起面孔：“总而言之还不够大。”

赵元熙顿时噤若寒蝉。

洪俊德骇笑：“老妻，你怎么了？”

陈晓非站起离座。

洪俊德对小赵说：“别去理她，她会错了意。”

小赵却没有恼，他低着头看牢自己双手：“珉珉几时毕业？”

“还有一年多，这样好了，小赵，待她自大学出来，你收她做徒弟吧。”洪俊德笑。

赵元熙却抬起头：“好，我等她。”

说得斩钉截铁，洪俊德觉得好不奇怪，这人平时风流倜傥，今日是怎么了？

暑假还没有过去，珉珉已经把所有存报剪贴、影印妥当，整整齐齐两份十大本，一共六个长篇小说，交到赵元熙手上。

赵元熙看着那摞本子，心思不属，像是已经完全不记得它们是什么，剪存下来，又有些什么用，它们又该交给谁。

他把本子搁在一边：“你都看过了？”

珉珉以为他考她，便轻轻说："第三个故事，叫作《五月的日子》，写得十分浪漫。"

"都剪齐了？"

珉珉点点头："全部在这里。"

赵元熙叹息一声，怎么办呢，她的任务已经完毕，再也没有理由把她留下。

"快开学了吧？"他的脑筋转得飞快。

"还有两个星期。"

"你看我这书房，"他站起来挥舞一双手，夸张地说，"乱成一片，没有人收拾，你愿不愿意帮我忙？"

珉珉意外地扬起一条眉毛，书房井井有条，一尘不染，同"乱"字有天渊之别，赵某为何突发谬论？

赵元熙咳嗽一声："这两只架子上足足有千来册书，要找的时候，晕头转向，永远不知搁在哪里，珉珉，这样吧，请你将书名以英文字母排列，兼替我做一个目录可好？"

原来如此。

珉珉觉得蛮有意思，她走近书架去检查，果然，所有书杂乱地一本本放一起，的确需要整理。

她于是点点头。

赵元熙松口气。

不知是否多心，每次珉珉走过他身边，鼻端便仿佛闻到淡淡香气，他辨认香氛的能力可称一等一，但这股若隐若现茉莉花般清雅的香味却不似出自任何水晶瓶子，赵元熙遭了迷惑。

他同自己说：赵某人，你已三十五高龄，一向只与成熟、世故、老练的女性打交道，你别糊涂。

一会儿又辩曰：没有其他意思，也不可能有什么意思，帮小朋友找一份暑期工，应该是善举，吴珉珉小姐的父母自顾自结伴享乐去了，剩下她寄居姨丈家中，必定苦闷，这份临时工可帮她散心。

赵某完全正确。

他书架上有不少漫画书，珉珉一边收拾，一边忍不住看起来，坐在高凳上，看到有趣的地方，笑出声来。

赵元熙留在家中的时间忽然多起来，他并不去骚扰珉珉，走过书房，特别轻手轻脚，房门有时没有关紧，隔着门缝，可以听到珉珉翻书的声音，有时她哈一声笑，赵元熙听了几乎感觉到心痛，他背靠着墙，仰起头，没想到身经百战的一颗老心居然还会敏感若此，原来它还没有生出老茧来，他觉得诧异、滑稽、荒谬，他笑了。

笑的是自己。

笑着笑着落下泪来。

偶尔他也与珉珉一起吃茶。

珉珉很少讲话，一次她说，有一种果酱，有玫瑰花瓣的清香，十分可口，赵元熙听了，当下不动声色，回到公司，发动全世界去找这种食品，手下都以为他疯了。

到最后，他的助手发觉全市只有一间大酒店有这种东西，因与他们总经理相熟，设法讨了一瓶回来。

赵元熙忙不迭以此招待客人。

珉珉一尝，立刻抬起眼来，也不说什么，只是看住赵元熙微微一笑。

赵元熙与她目光接触，心头一酸，连忙侧过脸去，值得，怎么不值得，什么都值得，再辛苦都值得。

过两日，他有事外出，珉珉一个人在书房检查C字部头还有什么书做了漏网之鱼，忽然听见有人轻轻推开房门，她转过头来，看见一位打扮时髦艳丽的女士站门口。

珉珉马上礼貌地微笑。

女士讶异地凝视她，过半晌她自我介绍：“我是吕学仪，你是谁？”

珉珉心想：小说原作者到了，人比故事里的女主角还要漂亮呢。

只见穿着一套紫玫瑰色窄身裙子，化妆相当浓，年纪约莫是珉珉的一倍。

“我是吴珉珉。”

“呵，你就是那个暑期工。”

吕女士对这间书房很熟悉的样子，踱到东又踱到西，珉珉已经转过身去做她应做的工作，吕女士这里翻翻，那里看看，忽然找到那十部剪贴本。

她低嚷一声：“赵元熙，你是怎么找到这些旧稿的？”

珉珉微笑，换了她也会感动。

赵某刚好在这个时候回来，看到女友在他家中，却并无喜悦，他根本已经忘记这摞剪贴簿的事。

吕学仪却把那几本簿子抱在胸前如获至宝似的：“你

想叫我得到意外之喜是不是，打算在生日那天交给我是不是？”

赵元熙拉起她的手臂：“我们出去讲。”

会客室就在对面，二人对白仍然清晰可闻。

吕学仪：“谢谢你替我找到这些原稿。”

赵元熙：“别客气，朋友为朋友服务是应该的。”

吕学仪：“朋友，你向我求婚不止一次了。”笑。

赵元熙：“那是另外一件事。”

吕学仪：“元熙，也许我们应该进一步讨论这件事。”

沉默。

过一会儿，赵元熙说：“我替你把其余几本簿子也取出来再讲。”

他进书房来找剪稿。

过一会儿，他与吕学仪双双出门。

事不关己，己不劳心，珉珉完成工作后掩上门离去。

第二天仍由女仆开门给她。

一进门她便发觉客厅似刮过龙卷风，所有家私、灯饰倾倒在地，玻璃器皿亮晶晶碎在地上，如满天星。

珉珉看看女仆，女仆苦笑。

她步步为营走入书房，噫，这许是最完整的一间房间了。

长沙发上躺着一个人，他呻吟一下，珉珉发觉他是屋主人赵元熙。

珉珉过去探望他，他头上顶着冰袋，睁开双眼，见是珉珉，连忙用毛巾掩住面孔，珉珉眼利，已经看到他面颊两边有利爪抓破的血痕。

珉珉遇见这等尴尬事顿时变了个尴尬人，进退两难，又没有人通告她不用上班，她告假好还是留下来好？

这时候赵元熙开口说："珉珉，请你拿一大杯冰水给我。"

珉珉取了水来，他接过鲸饮，干杯后又倒在沙发上。

珉珉忍不住问："你没有事吧？"

他答："我挨揍了。"

珉珉转过头去笑。

有些成年人幼稚得匪夷所思。

赵元熙忽然轻轻说："我们走了有七年，六年秘密，因为当时她有伴侣，一年公开，因为已打算结婚。”

珉珉坐在一旁听他倾诉。

他的声音很悲哀很迷惘，不是不动听的。

“然后，”他说下去，“我发觉我爱的人不是她。”

珉珉吁出一口气，他们都是这样的，连自己都不明白自己，连自己都不知道自己。

“对不起，珉珉，我肯定你听不懂我的梦呓。”

珉珉笑笑，过去开了那部小小收音机，悠扬乐声碎碎传出，具安抚作用。

过很久，她以为他睡着了，转过身子来，却发觉他正在看她，见她注意到了，又急急避开目光。

珉珉不动声色。

稍后医生来看他，留下药物与忠告。

珉珉见时间差不多，便向赵元熙告辞，与医生结伴离去。

在大厦的楼下大堂，碰见吕学仪女士，他们下来，她赶着上去。

珉珉注意到她板着面孔，双目向前直视，并没有看到别人，她用一方丝巾裹着头发，穿黑色密封衣裳，双手交叉在胸前，十只长指甲擦着玫瑰紫寇丹[1]，指尖很像要滴出血来。

珉珉不敢细看，与她擦身而过。

像谁呢，吕学仪这个样子，珉珉不知在什么地方见过，电光石火间她想起来，像动画片中白雪公主后母的造型。

珉珉不敢把这个感觉说出来。

回到家，阿姨与姨丈在露台打扑克牌、聊天。

珉珉轻轻走近。

只听得阿姨说："小赵不一定讨得什么便宜。"

"那么多的人，你偏偏针对赵元熙，好没有道理，他与吕小姐走了七八年，快要结婚，真是恭喜他还来不及。"

"幸亏暑假快要过去，我不想珉珉再上他家去。"

"珉珉已经是个很寂寞的孩子，你再孤立她，对她一点好处都没有。"

珉珉很感动，他俩是真的关心她。

---

[1] 寇丹：甲油的代称，cutex，染指甲的油。也译作"蔻丹"。蔻丹花俗名千层红，又名指甲草。古时候蔻丹指染过颜色的指甲。

她轻轻咳嗽一声。

阿姨抬起眼来："回来啦，你父亲自梵蒂冈寄明信片回来。"

姨丈说："珉珉，你来替我一阵，我手气不佳。"

珉珉问："阿姨把你杀得片甲不留？"

她在姨丈的位置坐下来，一看他的牌，只得一对二，阿姨牌面已有一双皮蛋，珉珉说："加十块注。"

阿姨笑："你会输的，"她发牌，"你见过吕学仪没有？"

珉珉手上已经有三只二，珉珉说："我赢了。"

陈晓非气结："珉珉真是有邪运。"

珉珉将纸牌洗一洗，放桌上。

"听说她比赵元熙大好几岁。"

姨丈过来收钱："小赵是个奇人，像珉珉这种年纪已经追求同学的大姐，满以为他这样纵容感情，事业一定没有成就，谁知鱼与熊掌竟被他兼得。"

"在珉珉眼中，他也不过是个小老头罢了。"

珉珉没有置评。

陈晓非把一张帖子放桌上："下个月三号请喝喜酒。"

洪俊德说："未到那天还不能作实。"

第二天，一进赵宅，珉珉便看见这一对未婚夫妇站在客厅中央，神情肃穆，似一对将要决斗的武士。

过半晌吕学仪说："帖子都已经发出去了。"

"我负责去逐张收回来。"

"怎么对亲友解释这个笑话？"

"无须把每件事向每个人交代。"

"他们会问。"

"都是聪明人，你不提，谁敢问。"

"背后还不是一定议论纷纷。"

"你又听不见，有什么关系。"

吕学仪反而笑了："照你说，我俩可以没事人似的如常生活？"

"对不起学仪，你一直想到湖区居住三五个月寻找灵感，或许这是时候了。"

吕学仪问："她是谁？"

"没有第三者，我只是觉得我们还不适合结婚。"

"我太清楚你，一定有人取代我的位置。"

赵元熙苍凉地说：“你占我生命七年光阴，没有人可以取代你，人是人，你是你。”

吕学仪走前一步，赵元熙与她拥抱一下，她黯然地离去。

赵元熙推开书房门的时候，珉珉正把最后一本书放进架子里。

不大说话的珉珉忽然说：“那是一位高贵的女士。”

赵元熙看着她：“珉珉，你比我们都懂得多，为什么？”

珉珉微微一笑。

因为她是旁观者，局外人，不相干的过客。

“珉珉，我会不会后悔？”

珉珉不语。

赵元熙自嘲：“后悔是一个较高层次承认错误的表示，像我这样的人，大抵还不配后悔。”

珉珉不好意思搭腔，她到底把他看作长辈。

他问珉珉：“毕业后，你打算升学？”

珉珉点点头，其他的路不适合她。

“外国，抑或本市？”

“还没有考虑到。”

“希望你可以留下来，希望可以与你常常见面。”

珉珉只是微笑。

“谢谢你帮我整理了这间书房，来，我送你回去。”

过两天消息就传开来了，陈晓非同丈夫说：“赵元熙派人收回所有喜帖。”

洪俊德说：“听说吕学仪已经飞到英国去了。”

“这真是一对欢喜冤家！”

“这会不会是最后一幕？”

“不知道，据说吕学仪当年背夫别恋，颇受压力，很为他吃了一点苦。”

“这一定是老赵喜新嫌旧的老把戏。”

“他又看中了谁？”

“谁晓得，但这个城市有多大，有新闻一定会传得遍。”

赵元熙开始频频到洪宅来串门。

司马昭之心，连洪俊德都知道了，把他拉在一旁苦劝：“吴家作风思想保守，断然不会容你胡闹，我外甥女连小白袜尚未除下，她不会了解你那套，老赵，我看你是糊涂了。”

陈晓非干脆不招待他，电话也不给他接通。

赵氏想见珉珉，只有在楼下苦苦地等。

他有事业，到底不能像一般小伙子那样心无旁骛，渐渐落了下风。

吴豫生快要回来了，陈晓非担心姐夫抱怨她，便约赵元熙出来谈判。

她挑了热闹的茶座，免得人家以为他同她在商议什么秘事，又叫洪俊德稍后来接她。

陈晓非本有一腔的话要说，坐了下来，却一个字都讲不出口，大家都是有智慧的成年人，她不好意思教训他。

过很久，陈晓非才说：“我听说吕学仪精神非常沮丧。”

赵元熙说：“我何尝不是。”

“这是何苦来呢。”

“这是我的命运，我听它安排。”

“你是你生命的主人，我们管不到你，但是你若牵涉到一个少女的名誉，我们必不罢休。”

“你要说的就是这么多？”

陈晓非点点头。

赵元熙干尽杯中的酒，站起来，向晓非欠一欠身，微醺的他离开茶座。

他走了不到十分钟，洪俊德带着珉珉一起来接陈晓非。

“老赵呢？”

“谁管他，”晓非不忿，“来的时候已经有三分酒意。”

珉珉忽然抬起眼说：“他不应开车。”

洪俊德与陈晓非齐齐一愣。

珉珉又预见到什么不吉之兆？

陈晓非狐疑地与丈夫交换一个眼色。

赵元熙到停车场拿了车，还没有驶出去，在出口附近闪避一辆跑车，反应略迟，已经撞到柱上去，他自己并没有听到那惊人的轰然巨响，他甚至不觉得痛，已经失去知觉。

他喃喃地叫：“完了，完了。”

一条明亮的白色通道，无穷无尽伸向前，他的身体失去重量，飘着走进通道里。

有人在他身边说：“他没有生命危险，医生说他随时会得醒来，我没骗你，这几天他一直叫的是学仪，不是别人。”

吕学仪不堪刺激，她用手掩着面孔退出病房，到会客室坐下。

坐在她对面的少女正是吴珉珉，雪亮的眼睛，花瓣似的脸庞。

吕学仪起了疑心，她看着她长久才问：“你是谁？”

“我是吴珉珉。”

“不，你知道我的意思，你究竟是谁？”

珉珉缄默。

吕学仪轻轻地问：“是你是不是？你一出现我们的生活就起大混乱。”

她伸出双手来抓珉珉，珉珉一见那鲜红的指甲便往后缩去。

幸亏洪俊德刚在这个时候出来，看见吕学仪意图攻击珉珉，连忙拉住她。

“这已经是最理想的结局了，吕小姐，你何必拿一个孩子出气。”

吕学仪浑身簌簌地抖：“他双腿已经折断。”

“他会再站起来，医生说没有问题，你正好陪他渡过难关，你们肯定可以复合，对一个醉酒驾驶、置本人他人安全于不顾的狂人来说，难道还不算是最佳结局？”

吕学仪霍地站起来：“最佳结局？洪先生，请你公平一点，他为别人搞得五劳七伤，现在居然肯给我机会收拾残局，已经算是我最佳结局，你们这样看轻我？”

洪俊德不由得低下了头。

“不，我不能接受这样慷慨的施舍，我有自尊，像你们一样，我也懂得自爱。”

吕学仪的声音如此悲愤，连珉珉都耸然动容。

吕学仪颤巍巍站起来，她的目光犹自不肯离开珉珉，她说：“你，你是一个可怕的精灵，我不知道你是谁，但是我不会接近你。”她转头走了。

她没有选择留下来陪伴赵元熙。

珉珉低下头。

洪俊德过来同她说：“别听她的，她受了很大的刺激，说话作不得准。”

珉珉低声诉苦：“他们都怪我，把所有不幸都记在我的账上，连父亲都不原谅我，姨丈，我并不是宇宙的主，我怎么会影响他们的命运？这太不公平了。”

洪俊德不住拍着珉珉背部。

“姨丈，送我出去读书吧，反正没有人喜欢我。”

洪俊德为难地问：“我不算人吗，阿姨不是人吗？”

珉珉闻言紧紧与姨丈拥抱。

这时护士出来问：“有没有一位吴珉珉？病人赵元熙想见她。”

珉珉摇摇头。

洪俊德说：“我陪你进去。”

“不，我不想见他，”珉珉气馁，“他一般会把责任推到我头上来。”

他们身后传来一个声音：“珉珉说得对。”

“阿姨。”珉珉站起来。

“珉珉十多岁就背了一身债，父母不和是为她的缘故，继母不育，又怪她头上，同学生事，她也有嫌疑，连做一份暑假工，都惹出无限是非，成年人越来越聪明，一切过错竟往小女孩身上推，赵元熙要见珉珉干什么？”

洪俊德为难："也许他有话要说。"

"有什么话对我讲好了，"陈晓非冷笑，"我全听得懂。"

洪俊德抬头叹口气："你不是没有道理的，我们走吧。"

"我以后都不要再见到老赵的脸。"陈晓非悻悻地说。

过了整整半年，她才肯提起这个人。

"你师弟呢，应该痊愈了吧。"

"他早就离开本市了。"

沉默一会儿："到什么地方？"

"北美洲某个四季分明风景如画的小城。"

"我还以为他会等上十多二十年，像麦克阿瑟将军般卷土重来。"

"也许他会，人生何处不相逢。"

这个时候，华英女校已经没有人不知道吴珉珉。

新来的年轻女教师走过休息室，看见一名身材修长的女学生靠近长窗，双手抱在胸前，凝视窗外大雨，秀丽的脸上惆怅寂寥之色，令同性为之动容。

她忍不住问："那个穿白衬衫卡其裤女孩是谁？"

有人回答："吴珉珉。"

她又问："星期六下午她为什么还留在学校里？"

又有人自作聪明："家对她没有意思。"

珉珉情愿留在宿舍里看一本小说，然后午睡。

至大的遗憾是假日饭堂只提供一餐，晚上要自己觅食。

莫意长与她同房的时候，带着她吃遍天下，意长一走，珉珉落了单，吃什么都不是味道。

通常买一条法国面包回来当晚餐，这解释了何故她比别人瘦，有不少同学身段圆鼓鼓。

那天黄昏有人来敲她的房门。

她拢一拢头发，坐起来，放下小说："进来。"

一位年轻女士推开门笑说："我是新来的地理教师叶致君。"

珉珉受宠若惊，怔怔地看着老师，华英女校著名开通，师生打成一片的情况并不少见，有学生甚至因收不到及时的情书而向老师倾诉的，但珉珉却不习惯老师直接来敲她的房门。

"我可以进来坐一会儿吗，你是我未来的高才生，据说年年地理都考第一。"

珉珉微笑。

但是十一个科目中她每科年年都考第一，她没有考第二的科目。

“我带了椰子蛋糕来。”叶老师说。

……啊。

珉珉几乎把整张脸埋到蛋糕里去，太香甜了。

老师二十六七年纪，与学生一般衬衫长裤，皮肤晒得微黑，五官秀丽，腕上戴一只男装不锈钢蚝式手表，十分潇洒。

她只待了十分钟，便说：“这本书是我借给你的，现在我要去探访另外一位同学。”

珉珉站起来送她。

叶老师借给她的书叫《地球已经有多大年岁了》。

珉珉并没有马上看起来。

深秋，下潇潇雨，自宿舍窗门看下去，刚巧见到叶老师开着小小草绿色吉普车离去。

地球到底有几岁？牛顿曾认为只有六千多岁，实际上它已有四十五亿岁了。

叶老师只来看她一个人。

怕她尴尬，逗留片刻便即离去。

星期天，吴豫生来接女儿回家。

珉珉问："你太太呢，我好久没有见她。"

"回娘家去了。"

"她不想见我。"

"我也不想瞒你，是有一点这个意思。"

"她不该把我与不愉快经验挂钩。"

吴豫生不语。

家里已准备好下午茶，珉珉知道她与父亲只有一小时相处时间，不禁大大感喟。

"很可惜你同继母相处得不算融洽。"吴豫生有点惋惜。

珉珉忽然说："我同生母也相处得不好，你当然记得。"

吴豫生没有像往日那般急急改变话题，他简单地说："你母亲有病，她抱怨全世界，与你一人无关。"

珉珉大胆追问："那是什么病？"

"一种今日不算不常见的病，淋巴腺癌。"

珉珉抬起眼来，讶异地问："你们为什么不早日告诉我，我可以提早得到释放，果真这样简单，没有其他复杂成因？”

“家中有一个这样的病人并不是简单的事。”吴豫生斩钉截铁地说，“她患病两年，几乎拖垮整个家，过早向你公布，怕你接受不来。”

“那场火灾……”

“那是一个意外。”

“不，那不是意外，她有意弃世。”

“她会把你留在屋子里不顾吗？”

珉珉坐到沙发上去：“他们说她精神失常。”

“我也听过外头可怕的传言。”

秘密仍然不能全部揭露。

珉珉怔怔地看着父亲。

“你已经长大，应该了解到外头一两句流言不足以重视。”

“所有不经意挂在嘴角的闲言闲语杀伤力都极之强大，父亲，他们没有权那么做。”

“只要你不去理会他们说些什么，他们便不能伤害你。”

珉珉放下茶杯，过半晌说："替我问候继母。"

过一个星期，阿姨便告诉她："你快要做姐姐了。"

珉珉一时还不醒觉，要愣一会儿才想到其中巧妙，她继母要生了。

"是一个医生朋友听另外一个医生说的，他们有心把这件事保密。"

难怪继母这七八个月来一直未肯同她见面。

多么奇怪，身为她的女儿，她孩子的姐姐，却如闲杂人等似的被摈弃在外。

手法真残忍，什么都不让珉珉知道，连她的爱都不屑要。

珉珉沉默。

阿姨轻轻解释："他们有他们的苦处，也许经过上次不愉快的事，这次特别小心。"

珉珉仍然不语。

"报了喜讯再宣布坏消息，多么劳累，索性待孩子生下来之后才抱出给你看，岂非更加高兴。"

珉珉听到这里，无奈地笑一笑。

“他们不说，你亦无须提起。”

珉珉看着窗外良久，说道：“今年天气真反常，一下子这么冷了。”

她阿姨却说：“不要紧，将来你一样会有私人的感情生活，不必依靠他人施舍。”

珉珉答：“我会设法同他人分享。”

她阿姨笑道：“与我同享就够了。”

下了课，叶致君老师留着珉珉。

那天仍是个下雨天，窗口蒙着白雾，室内外气温有颇大距离。

珉珉已是高班生，感觉上与老师的距离拉近，不再把先生尊若神明。

叶老师捧出一大沓图表：“吴珉珉，我想你提供一些课余时间给开放日地理课的壁报板。”

珉珉一听就觉得累：“我不感兴趣，”她直截了当就推却这个责任，“别的同学也许会乐意帮忙。”

叶老师僵在那里。

她忽然明白吴珉珉不是个孩子，她早已成年。

珉珉摊摊手："对不起。"

"那么，周末你预备做什么？"老师问。

"我有约会。"约了床睡午觉也是约会。

"我的壁报设计与往年不同。"

珉珉微笑，即使换了汤再换药，仍是小小中学生玩意儿，珉珉对整个中学学业非常厌倦，自从懂事已经上学，整整十二年在学校度过，日日穿蓝白两色制服，到了今年，实在腻了，她只想夏季速速来到，好让她顺利毕业，她不想再拎着书包到处走。

叶致君仿佛看穿她这种心态。

珉珉拿起书包："我先走了。"

她把老师撇下在课室里。

叶致君苦笑，撑着腰，半晌作不得声，她早听说毕业班有三五名女学生性格非常成熟，今日总算领教到了。

珉珉到饭堂喝咖啡，隔壁班的温锦兰本来正与人窃窃私语，看见珉珉，坐到她对面来说话。

一个漂亮的少女对另外一个漂亮的少女永远不会有太大的好感，吴珉珉与温锦兰能做到惺惺相惜，已不容易。

“吴珉珉，叶老师对你说些什么？”

“没有什么。”

“她有无借故拉你的手？”

“没有。”

“有没有抚摸你的头发？”

“我不知你说些什么，温锦兰。”

“你当然知道，吴珉珉，我是好意警告你，昨天她叫我留堂商量壁报展览，拿出香烟请我抽，一只手搁在我肩膀上十分钟不放下来，另外一只手替我拨头发，我觉得浑身汗毛竖了起来，立刻离开课室，希望你没有得到同等待遇。”

珉珉故作镇定：“你多心了，叶老师也许只想表示友善。”

“你知道她从哪里来？”

“我不知道。”

“自圣三一女校转来，有女生家长指她对学生太过亲热。”

“那是一个非常严重的指控。”

“为了避免更多传闻，教务处请她辞职，我的姐姐在圣三一任教，她很清楚这件事实。”

“温锦兰你可能思疑过度。”

“难怪她喜欢你比较多，”温锦兰笑，“原来你还这么天真，你要自己当心，别说我不关照你。”

“谢谢你，我懂得照顾自己。”

“如果我是你，她一有什么不轨行动，我就去告发她。”

温锦兰站起来走开。

多么可怕的一个人，不不，不是叶老师，而是温锦兰。

第二天，珉珉走进教师室，问老师：“那个开放日的壁报，还需要帮忙吗？”

珉珉想精神支持她。

叶致君意外地看着珉珉：“不，蓝组同学已经答应完成。”

珉珉笑笑：“那很好，祝你们成功。”

她真是一番好意，没想到后果并不如她想象那样。

当时她退出教师室，回到宿舍去。

星期六她的确有约会，邻校的小男生找她看电影，因是群体约会，珉珉不介意参加。

那男孩子叫梁永燊，很斯文大方，珉珉喜欢他常穿的那件藏青色呢长大衣，使他看上去大好几岁，不似预科生。

坐在漆黑戏院里，他们把一盒巧克力传来吃。

珉珉颇嗜甜，一心想找颗太妃巧克力，伸手在盒中摸索半晌，忽然亮光一闪，梁永燊打着火机让她在亮光下搜索，珉珉对他的体贴笑一笑，把糖放进嘴里，那朵火熄灭了。

梁永燊自珉珉手中把盒子接过，两人的手指接触又分开，朦胧中似有十来秒钟模样，其实没有那么久，谁知道，也许比那个更久，盒子到了别人的手，忽然，梁永燊轻轻握住珉珉的手。

珉珉大方地让他握着一会儿，然后松脱，专心看戏。

那么黑的环境，许多人还是看见了，自此对着珉珉，便把梁永燊当作“你的男朋友”，吴珉珉知道反对无效，并不更正。

戏的下半部珉珉一直在想温锦兰的话：她可有无故拉你的手？

珉珉这才发觉，她等闲没有拉任何人的手，已经有颇长一段日子，只有阿姨肯给她这个特权，父亲见了她，总是站得远远的，她同莫意长分别已有一段颇长的日子，又还没找到异性密友，一双手竟老空着。

她不由得伸出左手，去握住右手。

到散场还不知道戏文说些什么。

梁永燊请她去喝咖啡，冒着细雨，他把羊毛围巾解下来遮住她的头发。

男生天生一早会得照顾他们钟爱的女性，不，不是母亲，不是阿姨，不是姐妹，只限女朋友。

珉珉与他对坐，两个人都没有说话，也没有觉得有说话的必要，然后就回去了。

在宿舍门口，她记得把围巾解下交还给他。

梁永燊仍把围巾绕脖子上，鼻端渐渐闻到一股幽香，想是自珉珉身上带过来，是她用的肥皂，抑或是洗发水，不得而知。他冒雨离去，珉珉看到路旁停着小小草绿色吉普车。

叶致君老师在会客室等她。

珉珉心中打一个突，老师太友善了，学生也是。

许多不必要的误会一定是这样引起的。

叶致君在翻报纸，看到珉珉，向她点头。

珉珉无言坐在她对面，缓缓脱下手套。

叶致君感慨地说：“将来你会发觉，人生在世，最难是找朋友。”

珉珉失笑，何用等到将来？今日她就有切肤之痛。

“不用说，你一定听过有关我的谣言。”

珉珉坦白地点头。

“你相信吗？”

珉珉有礼地答：“不关我事。”

“但是你看似同情我。”

珉珉不语。

也许是因为年轻，也许是因为寂寞，叶致君竟向学生倾诉起来：“我在圣三一女校得罪了一个人。”

珉珉知道这件事情一定很复杂，她不想卷进旋涡，并且也爱莫能助，如果老师也受它困扰，她又能做什么。

珉珉说：“我跑步的时间到了。”

叶致君也恢复镇定，笑道：“谢谢你的友谊。”

珉珉向她笑笑。

她围着宿舍足足跑了十个圈，十多度[1]天气穿短裤，一点不怕冷，跑完了去淋热水浴。

公众浴间在走廊尽头，珉珉拥着毛巾进去，一条黑影蹿出来，“哗”的一声张牙舞爪狂叫，珉珉只不过退后一步，瞪眼一看，却是温锦兰。

珉珉不去骂她无聊，这种人，越是骂她，她愈加无聊。

她进浴间，温锦兰并没有离去。

“你不怕有人窥浴？”

珉珉问：“谁，你？”

“是我就不稀奇，浴室如果走出一个老师来，那才难得呢。”

珉珉忍不住问：“你为什么不喜欢她？”

温锦兰冲口而出：“她与我姐姐过不去！”

珉珉一边洗头一边问：“有什么深仇大恨？”

“她抢我姐姐的男朋友。”温锦兰不忿地说。

不打自招，可见温锦兰存心造谣，会得抢别人男朋友

[1] 度：指摄氏度。

的女人，当然不可能是温锦兰形容的那种女人。

珉珉拧开暖水冲洗头发："你给她的麻烦已经够多了。"

"你为何护着她？"

"我不想你们两败俱伤。"

"我才不会受伤。"

珉珉用毛巾裹着头发出来："她已经被逼离开圣三一女校，你觉得这样的惩罚还不够吗。"

温锦兰瞪着吴珉珉。

珉珉说："你对这个游戏已经上瘾，不可理喻。"

她换好衣服离开浴室，身后传来温锦兰的声音："不够不够不够。"

浴缸墙壁上铺着瓷砖，引起回声，珉珉耳畔一直徘徊着"不够不够不够"。

第二天，教务主任严女士传吴珉珉去面谈。

几乎所有教务主任都是戴金丝边眼镜穿深色旗袍的太太，那是她们的道具及戏服。

珉珉一直站着，太太并不觉得学生有坐下来的必要。

"你功课是不错，"老太太说，"但是——"

“但是”两字不知坑了多少英雄好汉，天大的好处都叫这二字抹杀。

“但是你的品行一向很成问题，三年前大家都相信你与莫意长事件甚有牵连，结果被你否认得一干二净，今天，我们希望你老老实实回答一些问题。”

珉珉非常警惕，怕老太太会得随时抖出刑具来。

“听说你与叶致君老师过往甚密。”

“我只在课余见过她三两次。”

“你有没有留意到不正常现象？”

“没有。”

“你不用怕，你可以告诉我，我在这里，就是为听投诉，校方有义务保护你。”老太太声音转和。

先是威逼，后是利诱，她不是不像秘密警察的。

可见温锦兰已经来无中生有过了。

珉珉答：“我什么都没有发现。”

“真的？”

“真的。”

“吴珉珉，倘若被我们查到证据，你会被开除。”

“我知道。”

“我们已经开除了莫意长。”

“我也知道。”

“没事了，你去吧，有什么异样，马上向我们报告。”

珉珉向她鞠一个躬，退出去。

在操场走廊，她碰见叶老师，两人只交换了一个眼色，珉珉只觉得四周围有无数亮晶晶的眼睛正在监视她一举一动，为免不必要麻烦，她行为只得含蓄一点。

还有几个月就要毕业了。

况且看情形叶老师也不会做得久。

操场中有同学正练篮球，两队争持激烈，时常犯规，教练狂吹口哨制止。

队员打出火来，把球乱传，忽然之间，珉珉看见篮球脱了缰，如一只卫星般向她射过来，她暗叫不妙，幸亏年纪轻身手快，连忙丢下手中笔记本子往旁闪避，那只球射向她身后，有人“哎呀”一声，珉珉转头一看，发觉中招的正是教务主任。

连严老太太那副金丝边眼镜都被打歪了。

大家都静下来。

被这种劲球打中，大概会后悔十天八天。

只见她跌跌撞撞站定了，便伸手指着球员要肇事者站出来。

珉珉忍不住微笑，捡了地上本子，静静离去。

下午，她闻说严女士要告假好几天，因为一边面孔肿了大片，一只眼睛充血，大家都说幸亏不是足球，否则整个头颅都会被撞得飞出去。

珉珉生平第一次幸灾乐祸，笑得弯腰，几乎流下泪来。

看情形严女士有好些时候无暇忙别的事情。

珉珉飞奔到地理室去帮蓝组做壁报。

同学们都把这件事当笑话讲："吴珉珉，大家都看见那只球明明射向你。"

珉珉朝她们眨眨眼。

叶老师来了。

"谢谢各位支持，"她看到了珉珉，"吴同学请过来。"

珉珉与她走到一个无人的角落。

叶致君说："你还是回宿舍的好。"

珉珉微笑不语。

“我又转了学校，这次釜底抽薪，摆脱谣言，我将转到男校任教。”

珉珉一怔，听懂了，笑意不禁越来越浓。

叶老师伸手过来，搓搓她头顶：“没想到我在这里结识一位好朋友。”她接着搂一搂珉珉。

就在这个时候，珉珉听见咔嚓一声，她迅速抬起眼来，看到温锦兰举着一只照相机，笑眯眯正想转头走。

珉珉终于发怒了。

她追上去，温锦兰拔足飞奔。

两个女孩子都手长腿长，跑起来似两头小鹿，非常地快，这时正是下课时分，同学非常地多，大家都不知道她们追追逐逐搞什么鬼，纷纷好奇回头看。

追到校园，温锦兰高叫：“吴珉珉，证据确凿，看你怎么抵赖——”

她看到珉珉的神色，忽然打了一个寒战。

盛怒的吴珉珉长发飞扬，脸色铁青，一步步逼近：“把相机交出来。”

“吴珉珉，你来抢呀。”她往后退。

珉珉知道刚才叶老师一个简单亲切的动作在相片里看来可能十分暧昧，能够取回，还是把底片取回的好。

她扑过去，温锦兰转身就跑。

珉珉想叫出来已经来不及，温锦兰没看到迎头来的一部快速脚踏车，与它撞个正着，脚踏车手与她都重重坠地。

照相机自温锦兰手中脱出，飞上半空，刚巧落在珉珉脚前，珉珉拾起它以第一时间打开格层，把底片抽出曝光。

她松一口气。

看向温锦兰，她正躺在地上呻吟。

脚踏车手扶着伤者，对珉珉说：“快叫救护车。”

温锦兰伤得不轻，可能有骨折。

珉珉退到一角。

她听得有人轻说：“你完全知道应该如何对付她们。”

珉珉知道是叶老师。

她回答：“是的。”

“温锦兰忘了这是条脚踏车径。”

“她一向粗心。”

叶老师长长叹一口气："你要把法术控制得宜才好，切莫闹出人命。"

珉珉一怔。

"温家姐妹实在任性放肆胡闹，活该受此教训。"

珉珉诧异地转过身去："这只是一宗意外而已。"

叶致君也立刻明白了："的确是。"

珉珉伸出手来与她一握："祝你前途如锦。"

"呵，说不定有十来二十个男孩子决意追求我。"

事情还有一条小小尾巴。

叶老师离校之后，珉珉的阿姨以家长身份被召到校长室。

校长很明事理，也颇和蔼，对陈晓非说："吴珉珉似与许多意外有关。"

这是真的。

校长说："她简直是个危险人物。"

陈晓非答："这样讲一点凭据都没有。"

"我们本想叫吴珉珉退学。"

"太不公平了！生事的并不是吴珉珉，况且，还有三数个月就要考毕业试，影响至大。”

“所以我们请你管束吴珉珉，本校再来一次与她有关的意外，就不得不请她走。”

陈晓非不怒反笑：“贵校大礼堂天花板坠下又会不会与吴珉珉有关？”

校长涵养功夫甚好，幽默感亦算丰富，当时答曰：“那应由建筑工程师负责，与吴珉珉无关。”

陈晓非的盛怒被这句话淋息。

校长亦算得是个明理之人。

陈晓非吁出一口气：“好的，我们尽可能合作。”

珉珉在校长室门口等阿姨。

她倒是不在乎，双手插在口袋里笑问：“可是要收拾包袱回家了？”

阿姨又叹口气，搭着她肩膀走向停车场。

珉珉立刻知道事情没有这么糟糕，看情形她会读到毕业。

“这几个月你真的不能再惹是非了。”

“阿姨，你也应当明白，是非不用惹也会自动上来敲门。”

“许多人怀疑意外与巧合无关。”

“那是什么？”珉珉笑问，“是我的特异功能？”

阿姨伸手抚摸珉珉脸颊：“谁知道，或许是。”

“我也希望我有魔法，”珉珉伸出手臂学女巫作法，“天地因咒语变色，父亲再度爱我，世上一切美好都归我。”

陈晓非笑出来。

“我可以与梁永燊去看戏吗？”

“远离你的学校。”

“谢谢阿姨忠告。”

之后一段日子，同学们看见吴珉珉，本来成群结队在嘻嘻哈哈的，也会立时散去，大家脸上都有惊疑之色。

只余梁永燊来约会她。

珉珉问他：“你一定知道他们说我什么。”

梁永燊笑。

“宁可信其有，不可信其无呢。”

梁永燊仍然只是笑。

天气稍微暖和的时候，珉珉添了弟弟。

自阿姨处一听到消息，她欢喜得找到梁永燊就叫他开车送她回家。

梁永燊亦觉得这不是一个坏主意，车子停好，珉珉忙不迭奔上家门，一边问："弟弟呢，弟弟呢？"

女佣笑着指向婴儿房说："刚自医院回来，正睡觉呢。"

珉珉急急进婴儿房，看着一只淡蓝色摇篮，便叫梁永燊："快来看我弟弟。"

梁永燊探过头去，正看到小毛头打哈欠，他从来不知道幼婴懂得做这个复杂的动作，大吃一惊，骇笑起来。

珉珉伸手轻轻抱起婴儿。

她转过头来，看见继母站在门口。

珉珉笑说："他真可爱。"

是梁永燊先看出苗头来，吴太太靠在门口，惊慌莫名，脸色都变了，手足无措。

接着她叫："豫生，豫生。"

吴豫生闻声而来，看到珉珉抱着婴儿，大吃一惊，如临大敌，一边挡在妻子身前，一边对珉珉说："把孩子给我。"

珉珉尚未觉得有异，笑道："他才这么一点点大。"

吴豫生说："把孩子交还给我。"他已经急出汗来。

梁永燊连忙趋前一步，自珉珉手中取过婴儿，小心翼翼交到吴先生手中。

这时候，珉珉茫然看着梁永燊，她终于明白了，他们不喜欢她抱他。

婴儿忽然哭起来。

谷家华紧紧抱着孩子，如失而复得的一件至宝，匆匆退出房间，像避瘟疫似的逃开。

珉珉十分震惊，她不是不知道在家中地位不高，却不知道原来已经低到这种地步了。

她看住父亲，说不出话来。

吴豫生咳嗽一声："珉珉，你回来怎么不通知我们一声？"语气虚伪得连他自己都羞愧了，再也讲不下去。

珉珉轻轻说："我还有点事，我先走了。"

她很镇定地示意梁永燊与她一起离去。

梁永燊十分难过，也很佩服吴珉珉的涵养，一路走出去，只有用人问："这么快走？"吴豫生只装没听见。

到了门口，珉珉挽着梁永燊的手臂："反正出来了，你有什么节目？”

梁永燊见她这般宽宏大量，倒也开心：“跟着我来，你不会失望。”

上车前，珉珉转过头来，看了她的家一眼，左边第二只窗，原本是她的房间，现在，家的主人已经很清楚地表达了意愿，她是一个不受欢迎的人物。

她忽然听得梁永燊说：“我们迟早都得离开家出去闯天下。”

珉珉不出声，曾听阿姨说，外婆去世之前，一直留着女儿中学用过的房间，书簿被褥衣服鞋袜原封不动地摆着，她一回到娘家，既温馨又愉快，时光宛如倒流，尽享温柔。

吴珉珉没有这个福气。

那天他们去看戏吃饭，玩得很晚，梁永燊对丝毫没有露出不高兴的珉珉说：“一点钟宿舍关门，你当心进不去。”

“爬墙可以进去。”

“已经装上铁丝刺。”

“好吧好吧，送我返去。”

一到宿舍大堂，珉珉看见阿姨焦急地在大堂徘徊，分明是在等她，看样子她全知道了，珉珉撇下梁永燊，奔过去与阿姨拥抱，怔怔地落下泪来。

阿修罗

肆·

他抬起头，看到暮色四合，
才感觉到空间与时间的存在。

情绪这样坏，心事那么多，珉珉也毕业了。

她要求出去读书。

坐在自己家的客厅里，却似个陌生人，一边是姨丈阿姨，另一边是父亲继母，四个大人在谈判细节，珉珉心不在焉，低着眼睛。

忽然之间，她看到走廊后头有一团蠕动的小东西，珉珉一怔，看仔细了，喜出望外，这不是她的弟弟吗，已经会爬了，保姆怎么没有看住他，任他自由活动，缓缓爬出走廊来，嘴巴一路发出呜呜声。

珉珉自问从未见过更可爱的小动物，好想跳过去抱起他面孔贴紧面孔亲吻他，但又不敢轻举妄动。

婴儿越爬越快，终于来到很近的地方，他仰起头看住珉珉，姐弟目光第一次接触。

大人们正谈得热烈，没有看到这一幕。

珉珉默问：你可是出来看姐姐？

婴儿笑，舞动一只手。

珉珉甚至不知道他的名字。

招呼打过，他像一部小笨车似的掉头爬回去，这时候保姆也发现了他的踪迹，赶出来抱起他。

珉珉这才转过头来，刚好听得阿姨说："我相信珉珉会得适应。"

适应，适应什么？

谈完之后，喝杯茶，他们离开吴家。

谈判代表洪俊德很感慨地说："豫生好像只关心妻儿，珉珉去留他无所谓。"

"那就交给我们办好了，你也要替他想想，一个教席能为他带来多少收入，谷家华为着这个婴儿，没做事已有两年，他们有他们苦衷。"

"只是钱的问题吗，为何有人发一点点小财即时反面不认人？”

“亏你问得出来，连珉珉都比你成熟。”

“她的确比许多大人成熟。”

终于结束了六年寄宿生生涯。

提着行李离开的时候，碰到校长。

珉珉想，最后一次，要做得漂漂亮亮，于是一鞠躬：“张校长。”

“吴同学，”校长微笑颔首，“你要离开母校了。”

母校？当然，可不是母校。

校长与她并肩而行。

“吴同学，这次毕业试成绩数你最为优异，为母校争光不少。”

珉珉唯唯诺诺：“应该的。”

走过礼堂，粉刷工程正在进行中，校长说：“有空回来看我们。”

“一定。”

“校舍也许会拆卸重建，”校长唏嘘地说，“近百年历史了。”

刚才说话间，呼啦一声，礼堂天花板隔板忽然掉下一大块来，工人们吓一大跳，哗然争相走避。

校长连忙过去视察，她疑惑地转头看住珉珉。

珉珉终于忍不住，朝她眨眨眼而去。

珉珉的感觉犹如脱出牢笼一般。

她花了一些时间来寻找莫意长的下落，莫宅老房子已经拆卸，一屋子的人不知所终。

珉珉相信如果肯登报寻人，仍然可以找到意长：“吴珉珉绝望地寻访华英女校同学莫意长。”但，太过分了，三年多来，珉珉都希望意长会得自动出现与她叙旧，莫非她也怕了她。

当日来接珉珉的仍是梁永燊。

他开着他母亲的小小日本房车，同女友说：“妈妈想见你。”

珉珉一听就吓一跳：“不，我不擅长见伯母。”双手乱摇。

再说下去，可能连梁永燊都拒见，他只得适可而止。

她一直没有把毕业后的去向告诉他，他不便问，他觉得吴珉珉的内心世界广阔有如一片平原，可供数百匹骏马驰骋，但她没有打开这道门，让梁永燊进去。

“今晚我们要庆祝。”

梁永燊笑：“本来我们一家要去喝喜酒。”

珉珉很明理：“不要为我改期。”

“我还希望你一起来呢。”梁永燊的语气有点惆怅，女孩子若对你宽宏大量，落落大方，那就是表示还不够喜欢你。

果然，吴珉珉像孔融让梨般说：“你去呀，你去好了，我们改明天见面。”

如果她立时三刻噘起嘴顿足生气红面孔，事情好办得多。

珉珉问：“一对新人是亲是友？”

“新郎是家母的外甥。”

“你的表哥。”

“正是，比我大一点点。”

“这么早结婚。”珉珉讶异，想象中婚姻应该是新中年的大计划，这件复杂的事绝非在大学毕业之前有能力管理及经营、推广。

梁永燊见她问及，便伸手自车座后取出一张请帖递给她。

珉珉赞叹：“设计这么漂亮。”

帖子折叠成一朵花，一层层打开，到第三层花瓣才看到新郎、新娘名字。

珉珉一愣。

梁永燊犹自说："我们去过酒会，便自由活动。"

他转过头去看珉珉，珉珉已放下那张别致的帖子，她说："好的，我们一起去。"

梁永燊反而意外了，喜滋滋问："当真？"

小小车子往洪宅驶去。

他听珉珉说，她姨丈生意相当顺利，先后已经搬三次家，最新的新居大得有点无边无涯的样子，唤仆人要按铃。

那好人欢迎珉珉长住，称珉珉为"我的守护安琪儿"，人在顺境的时候当然特别慷慨。

梁永燊说："洪先生对你很好。"

珉珉笑道："那当然，这姨丈几乎是我亲手挑的。"

梁永燊觉得这话有点怪怪的，但未予深究，酒会的时间快到，他要等珉珉换衣服。

她只花十分钟便准备好，梁永燊刚吃了一颗巧克力，打算翻阅最新杂志，珉珉已经站在他面前。

她穿一袭简单的白裙子，已经令小梁眼前一亮。

他紧张起来，搭讪问：“这枚式样古典的胸针是令堂给你的吗？”

珉珉摇摇头：“她什么都没有留下来，连一张照片都没有。”

梁永燊一怔，怎么可能，说得突兀些，他要是今日去了，留下的书本簿籍都有十大箩筐，而他还是个年轻人。

中年太太大半已患上搜集狂，以他母亲为例，香水一百瓶，鞋子五百双，银行保险箱五只以上，衣橱里塞满四季服装，身外物多得匪夷所思，还不停地在增长中。

珉珉说：“我们走吧。”

礼堂入口用花钟装饰，清香扑鼻，不是每个人都可以办这样漂亮的结婚酒会呢，珉珉取过一杯橘子汁便向穿白纱的新娘子走过去。

珉珉站在女主角旁边，静静看着她与亲友握手，言笑。

过半晌，新娘转过头来，看见有人充满关怀地注视她，不由得笑意浓浓，伸出手来。

忽然之间她认出了这个少女。

“吴珉珉，是你！”

珉珉很高兴，踏前一步：“意长，你结婚了。”

莫意长看着这位不速之客，一时手足无措，终于她伸出手臂与她拥抱：“吴珉珉，你好吗？”

珉珉笑说：“原谅我无礼，不请自来。”

“不，无礼的是我。”

莫意长把珉珉拉到一角：“你长高了，漂亮了。”百感交集，说不出话来。

“意长，别后无恙乎，我有三车的话要同你说。”

有人叫：“意长，意长。”

是一个面貌端正的年轻人。

珉珉直觉知道他便是新郎。

她喜欢他那张开朗愉快的脸，他比邱进益更适合意长，珉珉由衷地祝贺她。

意长问：“觉得他怎么样？”

“好得不得了。”

“婚后我们回澳洲[1]去继续学业。”

[1] 澳洲：澳大利亚。

“怎么不见伯父伯母？”

“他们离婚后各自又结婚了，不知道该怎么出席。”

珉珉也笑：“真没想到中年人比我们更忙。”

其实她还想问：邱进益呢，惠长呢，但这是人家大喜日子，怎么开得了口。

那边又有人叫新娘子，意长非过去不可了，走之前用力握一握珉珉的手，珉珉看着她的背影，所有的新娘都似栀子花，她想。

梁永燊找到了珉珉：“我想介绍母亲给你见面。”

珉珉抬起头：“我要先走一步。”

“我送你。”

“不，我们明天见。”

她急步走开，他想追上去，被他母亲一把拉住，酒会人挤，三秒钟已失却珉珉影踪。

珉珉走到酒店大堂，松出一口气。

她挑了一张大沙发，窝下去，闭上双眼。

“吴珉珉。”

她一怔。

“你是吴珉珉，不是吗？”

她轻轻睁开眼睛，不知几时，身边已经多了一个人。

她努力辨认他略带憔悴的面孔。

终于珉珉轻轻说：“邱进益，你是邱进益。”

他苦涩地点头：“你仍然记得我。”

“你也来参加婚礼。”

“不，我并没有接到帖子，但我知道你会来，我特地来等你。”

珉珉一怔，如果他真想找她，一早可往华英女校。

邱进益看着她说：“你长大了。”

珉珉微笑：“你也是。”

“分手之后，我一直在想一个问题。”

他的神情颇为异样，珉珉警惕地站起来。

“我不停地想，你究竟是谁，到昨天，才恍然大悟。”

珉珉退后一步。

“你是莫老先生口中的阿修罗。”

珉珉不动声色看着他。

这时候梁永燊终于找了过来：“珉珉，你在这里。”如释重负。

珉珉连忙握住他的手。

邱进益看着她，轻轻再说一次："阿修罗，你长大了。"跟着他掉头而去。

梁永燊问："此人是谁？"

珉珉没有回答。

"我不知道你有英文名字，他叫你什么，阿修罗？"

珉珉摇摇头。

梁永燊笑说："那是一个美丽的名字。"

"不，"珉珉说，"它并不美丽。"

"我送你回家，"梁永燊说，"母亲见不到你，颇为失望，还有，我不知道原来你认识新娘子。"

珉珉再也没有开口说话。

当天晚上，她睡得很早。

睡房外一阵扰攘，把她惊醒。

她在床上坐起来，客厅中犹如举行宴会，珉珉起码听见三四种不同的声音。

她拉开房门，走过走廊，看到父亲与继母正与她阿姨对峙。

他们来干什么？

只听得陈晓非正怒道：“不，我不会放你进去，她已经睡了。”

谷家华沙哑着喉咙说：“多年来你守护着她如祭师守护神灵，晓非，你完全知道她的事。”

“我不应保护她吗，实际她除出我们已无其他亲人。”

珉珉忍不住出声：“你们是为我争论？”

几个大人骤然间静下来。

吴豫生急急说：“好，她起来了，问她吧。”

珉珉问：“问我什么，找我又为什么？”

谷家华走过来，把珉珉拉到房中，掩上门。

装扮一向整齐的继母今夜头脸与衣饰都算凌乱，但更乱的是她的心神，她一把抓住珉珉说：“开始的时候我们还算是朋友——”哭泣起来。

珉珉静静看着她。

“开门，开门。”陈晓非拍珉珉的房门。

珉珉去启门，问阿姨：“随便谁告诉我这是怎么一回事好不好？”

“婴儿病了。”

“没有看医生吗？”珉珉问。

“热度不退，有严重脱水现象，情况很坏，她非常担心。”

“呵，”珉珉不是不同情她，“但是我能做什么？”

陈晓非吁出一口气：“她认为你有医治的力量。”

珉珉一听，呆在那里。

洪俊德进来，声音比较冷静：“珉珉，你继母认为你有超人的力量，因不悦她所为，降罪于她，如果你愿意原谅她，她的孩子便能康复。”

珉珉跌坐在沙发里，无言以对。

真亏得老好姨丈清心直说，否则哑谜不晓得要打到几时去。

“家华，”陈晓非说，“你回去吧，婴儿已在接受最妥善的护理，别想太多了。”

谷家华抢前握住珉珉的手：“请帮助我。”

珉珉忍不住说：“你是一个受过教育有智慧的女子……”

吴豫生进来扶出哭泣的妻子。

珉珉抬头征询忠告：“我应该怎么做？”

洪俊德说：“安慰她，叫她回去休息。”

“我连婴儿的名字都不知道，而她满心以为我诅咒他，其他女孩子也会遭遇误会，但甚少会被人当作女巫。”

“我知道，我知道。”

洪俊德说：“她不肯走，她要你原谅她。”

陈晓非说：“这完全是她内疚之故，她把珉珉关在门外，现在借故前来赎罪。”

洪俊德说：“我实在累了，想休息，珉珉，让我们合作演一幕剧把她打发掉好不好？”

珉珉苦笑：“你说如何便如何。”

“你可相信我？”

“百分之一百。”

“好，跟我出去，听我的指示说话。”

谷家华的脸充满愁苦，珉珉为之动容，她忽然想起她母亲面孔，在她记忆中，亦一般可怜无助，珉珉心慈了。

她蹲下来说：“回去吧，我弟弟一定会得痊愈。”

“你应允？”

“我当然应允。”

她继母的面部肌肉渐渐放松，表情渐渐祥和。

“回去睡一觉，等待好消息。”

吴豫生向女儿投去沉默而感激的一眼，扶起妻子离去。

珉珉抹一抹额角的汗，坐下来。

洪俊德称赞她：“做得很好，无须我提场，自创剧本。”

珉珉说：“现在她真的相信我是邪恶的神灵了。”

洪俊德说：“其实婴儿一定会痊愈。”

珉珉脱口说：“当然会。”

陈晓非问：“因为你保证？”

“才不，医学那么发达，儿科病不难控制，不会有什么危险，实是谷家华忧虑过度。”

“如果是我的孩子，我也会那样。”

大家各自回房熄了灯。

却谁也睡不着，天都快亮了。

陈晓非发觉珉珉抱膝坐在椅子上沉思。

她过去问：“你在干什么？”

“我在运功保佑我弟弟。”珉珉笑。

“没有关系，他们现在也不会放火烧杀女巫了。”

“你真心肯原谅他们？”

“阿姨，我做梦看见母亲。”

“你不可能记得她，一切出乎你的想象。”

“你记不记得她？”

“我们并不在一起长大，童年过后，再次重逢，她已经订婚，毫不讳言，我对吴豫生的好感比对姐姐更多，她很快发觉，因避嫌我们便不甚来往。”

“你不觉得我们家悲剧特多？”

“老实说，能有几家人年年得心应手，万事如意。”

阿姨一贯以成熟的口吻来推搪珉珉玄之又玄的问题，非常成功。

珉珉的弟弟隔了一个星期才脱离险境，那令他痛苦的滤过性病毒终于受到控制，医生说他在短期内可望痊愈。

这个时候，谷家华神志清朗，自然不愿归功于珉珉，她再三向洪氏夫妇致歉。

陈晓非笑说：“珉珉，你的神力生效了。”

珉珉答：“谁叫他是我的弟弟。”

洪俊德瞪妻子一眼："够了。"让事情过去算了。

第一年留学，琨琨回来四次。

一有略长的假期，她就往回跑，梁永燊拨电话找她，往往只与录音机打交道："我已在回家途中……"

琨琨念的是心理学。

课本的记载使她目眩，根据心理学，记忆衰退，有两个主要原因，遗忘，以及阻隔。遗忘对于医治创伤有极大帮助，如果不去刺激该段回忆，它会得淡却。

但若干心理学家认为记忆不可能全部消失。

琨琨为这个问题凝神。

为什么她不记得火灾的起因？她在现场，她可没忘却其他的细节。

心理阻隔通常受情绪影响，弗洛伊德一九〇一年著作《日常生活之心理》[1]全本书都献给这个问题：他乘火车时常过站，因为站名与他姐姐的名字相仿，他曾与她吵架，

---

[1] 《日常生活之心理》：《日常生活的心理分析》，*The Psychopathology of Everyday Life*，作者弗洛伊德，著于1901年。该书是弗洛伊德毕生贡献中十分重要的一个里程碑，他为我们揭开了遗忘、错误、迷信等等日常现象的奥秘。

下意识要忘记不愉快事件，健忘受精神压抑引致。

珉珉同梁永燊说："有些人性格具毁灭性，破坏破坏破坏，最后连自己都毁灭才作数。"

梁永燊想了想："应该说每人的性格中都带这一点点特色。"

"多可怕。"

梁永燊笑了，一见面她就同他说这样的话，完全不像来度假的样子。

"年终考试每个学生都要写一个报告，我已经找到题目。"

梁永燊相当有兴趣："可以告诉我吗？"

"人类性情中的阿修罗情意结。"

梁永燊一怔："听上去像博士论文。"

"报告完成后我会给你过目。"

梁永燊笑："我怕我看不懂。"

"看不懂才高深。"珉珉笑。

她仿佛比升学之前开朗，梁永燊觉得高兴。

他却没料到，吴珉珉的喜悦，与他无关。

那完全是因为另外一个人的缘故，他叫翁文维，也是吴珉珉一年回来四次的原因。

为着他，珉珉似忘却过去十多年生活中一切不愉快的人与事，空气像特别清新，阳光特别美好，巧克力特别香甜，即使早上抖开报纸，纸头窸窸窣窣的声音都特别清脆悦耳。

与梁永燊或其他人在一起，都没有这种感觉。

她在一间书店认识翁君，年轻人时常这样邂逅，珉珉却不那么想，她给这段偶遇添增无限色彩，几乎坚持整间书店地下室在该刹那间转为蔷薇色。

事实当然不是这样，那天翁君为找资料跑了一个下午，已经十分疲倦，在异乡的大学城附近人生地疏，找不到可安歇的咖啡室，他十分气馁。

一不小心一脚踢塌摞在地上的硬皮书，他喘一口气，只得蹲在水门汀地板上靠绿色的日光灯光线来捡拾它们。

“让我帮你。”他听得有人这样说。

他抬起头来，看到少女乌亮的黑发、晶莹的皮肤、闪亮的眼睛，那可怕的惨绿灯光丝毫无损她的容貌，翁君心头一宽，世上没有什么景象，比美貌健康的少女更加赏心悦目，他在心中赞叹一声。

那少女像听到了他的心声，嫣然一笑。

地下室本来有点阴有点冷，翁君不知嘀咕了多久，此刻他浑忘此事，书本已经摞好，少女要离开了，他连忙说：“你可知道附近有什么地方可以喝杯咖啡？”少女转过头来，“五分钟车程算不算附近？”

他笑道：“太理想了。”

他们是这样认识的。

等到喝完咖啡，少女与他在马路分手，他抬起头，看到暮色四合，才感觉到空间与时间的存在。

翁文维没有即时回家。

他坐在地下铁路其中一节车厢里，忘记下车，自一个终站乘到另外一个终站，耳畔充满轰轰轰的声响，一个钟头、两个钟头过去，他什么都没有想，脑子里也只有轰轰轰的声响。

终于他下了车，已经错过晚饭时间。

他住在唐人区一间旧屋的地下室里，替他开门的，是他的未婚妻简金卿。

翁文维知道，他已回到现实的世界里来。

“你到什么地方去了？”未婚妻满脸不悦。

简金卿绷紧面孔已有多年，也难怪她毫无欢容，四年前他俩同时出发前来进修，一年后为着生活，她放弃学业到中华料理店做服务生，一手包揽未婚夫的学费，两人的房租、电灯、煤气、食物与一切杂费。

三年这样的生活把面色红润性格活泼的少女训练成一个壮志尽消、锱铢必较的女人。

她牺牲得越大，翁文维越是怕她，渐渐两人的关系由情侣变为主仆。

本来一切已经过去，翁文维终于毕业，他们可以衣锦还乡，同时简金卿说：“现在轮到我念书，你赚钱了，还有，明天就去买那件九百元的大衣。”她脸上已经透出一丝笑意。

翁君心里宽慰，四年债务用四年偿还，八年之后，他们可以过身份平等的生活。

可是今日，他碰到那个少女。

他忽然听得未婚妻问他：“你到什么地方去了？”

“我到书店去替老刘找一点资料。”

“你帮老刘还帮不够？”

答应老刘的时候，他的确非常勉强，但是那天阳光好，心情也好，又有时间，市面五百多间书店，他偏偏要走到那一家去，而少女正在地下室里，站在他隔壁。

这样的机会，到底占亿分之几？

“你可要现在吃饭？”

翁君知道那只不过是超级市场现卖冰冻的牧人馅饼或是汉堡牛肉。

“我不饿。”他说。

刚才在俄国茶室他已经进过小食。

那少女介绍白汁鲑鱼给他，他坦白地告诉她，他身边只有十五块钱，少女笑，叫他不用担心。

她的肌肤、眼睛、嘴唇、牙齿，都似会发出晶莹的亮光来，他以迷路人看到林中仙子那样的心情看着她，不相信世上还有那么美好的东西等着他。

翁文维迷惑地低下头。

简金卿奇问：“你怎么了，下个星期我们便可以离开这个冷酷可怕的城市，你反而发起愣来，别告诉我你不舍得这个地方。”

冷酷？不不，美酒佳肴，轻柔音乐，悦耳细语，也都可以在这个肮脏的都会找到。

“你找到资料没有？”

“找到了。”

“你双手却是空的。”

“啊，给遗漏在地下室里了。”

他有她的地址，少女并不住在宿舍里，小公寓属于她姨丈的投资，暂时做她行宫。

第二天上午他去找她。

公寓暖和光亮，属于另外一个世界，大扇窗户对牢公园，此刻一片铁锈色，湖上波连烟，宛如一幅水墨画。

少女用薄荷冰激凌招待他。

她不爱说话，他享受到平时奢侈的宁静。

他忽然愿意失踪，留在她那里一辈子。

翁文维却没有那样做，他忍痛告别，回到自己家去，刚巧来得及。听到简金卿发牢骚：“哎呀，还是不舍得，一想到是自己辛辛苦苦赚回来的钱，怎么敢与之作对，花起来手软，脚软。”

他忽然发话：“金钱的确重要，但也不必把它看成那么大。”

简金卿诧异地回过头来冷笑：“哟，听听谁在说话，大少爷，你出去赚赚看。”

一件好事被她夸张成一出悲苦老套的文艺大悲剧，她一手建立的功德独力又摧毁，他不明白她。

她已经订好飞机票。

又故意十分刺耳地说：“这是我最后一次出钱。”

他去向少女道别。

少女明快地答应很快会回去看他。

她并没有食言，真的一有空便飞回去与他相聚。

翁文维与简金卿回到原居地并没有同住，他们各自回到父母家中暂居。

翁文维没有令简金卿失望，很快找到理想工作，安顿下来，烦躁不安的只是女方。

他的母亲说：“文维，简金卿是不会放过你的。”

做母亲的接过那少女的长途电话，亲眼看到年轻人一听到对方的声音，五官全部发出笑意，天地宇宙统共不存在也无所谓。

翁文维说："至多我也供她念四年书。"

"她不会这样同你算。"

"再加复式利息好了。"

"恐怕她还不甘心。"

"那么，"翁文维一半赌气一半要表示决心，"我所有的，也不过是一条性命罢了。"

要待翌年暑假，梁永燊才发觉有这么一个人。

那时候，翁君已经升了职，搬过家，一洗留学生的寒碜。

珉珉亲自为他们介绍，小梁觉得翁君已经尽占上风。

私底下梁永燊问珉珉："你喜欢他？"

珉珉点点头。

"他有什么优点？"

"他崇拜我。"

梁永燊骇笑："我的天，你不应因这样的理由喜欢人。"

"为什么不，你从来不为我着迷，你只待我如好兄弟。"

“友谊才是一切人际关系的最佳基础。”

珉珉用手蒙着双耳：“我不要听这种理论，梁永燊即使你不迷恋我也有别人那么做。”

梁永燊啼笑皆非。

陈晓非身为阿姨，自然知道有这样的事，便笑说：“加油啊小梁。”

梁永燊说：“阿姨帮帮我。”

“不行，我不能干预任何人的感情生活。”

梁永燊气馁：“那么我输定了。”

陈晓非笑：“拿出勇气来，追求你的理想。”

“翁某已经在做事，我还有一年才毕业，起码输了第一局。”

“三盘两胜。”

“阿姨真可爱。”

本市人多地窄，每一个人的事，每一个人都知道。

梁永燊无须特地拨冗去调查，也已间接听说，翁文维有未婚妻。

小梁十分震惊，手足无措，不知如何是好，只得跑去与陈晓非商量。

洪俊德说："我在娶晓非之前也订过一次长婚，一订五年，所有的毛病通通跑出来，连自己都受不了自己的不堪，只得解除婚约，根除烦恼，后来识晓非，不到半年就结婚。"

陈晓非问："珉珉可知道有这样的事？"

小梁皱眉："我不晓得。"

洪俊德道："婚前越早知道越好，婚后越迟知道越好。"

陈晓非忍不住："洪先生，你的话可真不少。"

梁永燊说："我去同珉珉讲。"

"小梁，不可做此丑人，"陈晓非停一停，拍拍小梁肩膀，"由我来做。"

特别令小梁也在场，陈晓非婉转公布这个听来的消息。

珉珉轻松得不得了："未婚妻，真的？"

梁永燊拂袖而起。

阿姨亦责怪说："珉珉，你的态度太儿戏。"

珉珉沉默了。

"你知道这件事，抑或不知道？"

珉珉总算肯好好回答："他一直没有跟我说起。"

阿姨把一只手搭在珉珉肩上："他不知如何开口，他同前头那人全无感情可言，他需要时间。"她一口气讲出许多最常见的借口。

珉珉笑："全中。"

事后洪俊德对妻子说："她好像不在乎。"

"也许她觉得他俩的关系密切到根本不可能有空间容许第三者的存在。"

"世上纵使有那样的关系也不值得高兴，他们只会得窒息。"

"珉珉盼望得到这种感情。"

"对，她是主宰，你看着好了，她会毁灭一切。"

最惆怅当然是梁永燊。

他没有把时间把握好，他认识她那年她还太小，朦朦胧胧，若隐若现的感情沉淀下来，变成友谊，太迟了，在以后的日子里，他仍可客串一个角色，她每遇大悲或大喜的事情，相信仍然会同他分享，但日常生活中闪烁琐碎的喜悦与气恼，就与他无缘了。

梁永燊颓然。

珉珉笑："你这样哭丧着脸，人们会以为你失恋。"

梁永燊答："我才不会为人们一言半语闲言闲语而故作振作。"

"梁永燊，你永远会是我心目中最重要的人物。"珉珉说得很诚恳。

"是吗，那么请告诉我吴珉珉，我们是怎么样认识的？"

珉珉瞠目结舌地看着他。她不记得了。她说不上来。

梁永燊摇摇头。

他知难而退，假使珉珉找他，他一定抽空前往，要他主动约会，已经没有这个勇气，他已意兴阑珊。

却没有与珉珉家人完全断绝来往。

他时常往洪家玩牌，晓非嗜扑克，也就是俗称沙蟍的游戏，梁永燊在周末找上门去，一玩便是一个下午。

洪氏夫妇开头以为他来打探珉珉的消息，日久见人心，他一字不提，并无是非，晓非十分欣赏。

但是，赢得芳心的秘诀，往往与风度、气量、学识全然无关。

越玩下去，陈晓非越是觉得可惜。

在一个下微丝细雨的复活节周末早上，珉珉被阿姨推醒，她轻轻睁开双眼，只听得阿姨学她的声音说："不要叫醒我不要叫醒我，我还要睡十日十夜。"

珉珉微笑。

这的确是她的心声，乘了二十二小时长途飞机，一抵埠放下行李马上赴约，又支撑了一整个白天，算起来，约有两日三夜未曾休息，回来和衣躺下，直到阿姨推醒。

"有朋友在书房等你。"

"那会是谁呢？"珉珉明知故问。

"快出来看个究竟。"

珉珉连忙梳洗更衣来到书房门前，一声"梁永燊你好吗"就要喊出口，却见到一个陌生女子牢牢地看着她。

珉珉礼貌地辨认一会儿，才问："我们见过面吗？"

那陌生女子反而起身招呼她："请坐。"

珉珉掩上书房门，在她对面坐下。

"吴小姐，你不认识我？"

珉珉答："我肯定我俩没有见过面。"

陌生的年轻女子有点气馁："吴小姐，我叫简金卿。"

珉珉仍然一点印象也没有，等对方提供更多资料。

“你没有听说过我，你不知道有我这么一个人？”

珉珉有点歉意，她搜索记忆，没有，她不认识她。

简金卿深深震惊，她不认识她！

她把吴珉珉所有的资料背诵得滚瓜烂熟才找上门来，满以为吴珉珉一见到她会即时变色，严阵以待，谁知吴珉珉根本没听说过简金卿三个字，她在她面前变得这样微不足道。

简金卿发起抖来。

只听得吴珉珉问：“我们是否华英女校的师姐妹？”

看样子真不似装出来的，简金卿忽然明白了，这通通不关吴珉珉的事，她根本不应该上来见吴珉珉，她笑了。

“我们在唱诗班里见过两次。”

珉珉恍然大悟：“呵，对，唱诗班。”

终于看见吴珉珉的真人了，小小的尖面孔长挑儿身材，都还罢了，最特别最使简金卿自惭形秽的是吴珉珉通身上下那股清秀的气质，别问她民间有些什么疾苦，她肯定答不上来，她无须知道，也不用理会。

熬过苦日子的简金卿一早知道她嘴角口角有太多干涩。

她低下头："我还有点事，我要走了。"

"可是，这一次你来找我，是为着——"

"唱诗班的姐妹很想念你，请你有空再来参加。"

"呵，好。"

陈晓非出来问："是高班同学吗？"

"不，是唱诗班的人。"

"你参加过唱诗班？"

"没有，从来没有。"

"那么，她是谁呢？"

"我不知道。"珉珉发怔。

"她叫什么名字？"

"我不太记得，她说姓甘、简、康？我从没见过她。"

"竟有这种事，下次开门可要小心点。"

"也许她也记错了，也许我们只在某一个舞会里见过面。"

那女子的脸色开头十分凝重，渐渐放松，后来似恍然大悟，接着就走了。

陈晓非坐下来。认错人？断然不会，风已经来了。

珉珉披着透明塑料雨衣出门去。

那微丝细雨真难受，沾在玻璃窗上便化为雾珠，冷风接着把湿气吹进屋内，什么都腻答答。

简金卿比吴珉珉早一步见到翁文维。

他正要外出赴约，见简金卿不请自来，无言以对，婚事已经拖延一整年，他看到金卿，只觉害怕，像忘记做功课的小学生要面对老师。

金卿问：“十分钟可以吗？”

“你要说什么话说好了。”

“我有种感觉，不知道对不对：我们大抵是不会结婚的了。”

翁君没有回答，他看了看腕表。

“翁君，十分钟内我一定把话说完。”

但是吴珉珉赴约一向准时，他不能叫她等。

“我们明天谈这个问题可以吗？”

“不可以，一定要现在。”

自从她有恩于他之后，他俩就失去商量余地。

他取过外套：“我有约。”

“我知道，吴珉珉又回来了。”

翁文维第一次听见简金卿嘴里吐出这个名字，觉得很赤裸很可怕，终于到了摊牌的时候。

他吁出一口气，等了那么久才等到今天，有种释放的感觉。

“我也知道，你千方百计要求公司给你外调，也已经成功，今年年中，你可以外放升职。”

她都调查清楚了，她把所有的时间心思都放在他的身上，不幸他不能接受。

翁君坐下来低着头。

“你不再把任何事情告诉我了。”

“我也没有把这些事告诉任何人。”

“你可有想过带我一起走？”

“你已经知道我一切行藏，这个问题，你早有答案。”他站起来，“我迟到了。”

他拉开大门，等她一起走。

他不愿她留在他的王老五寓所里。

从前，她有门匙的时候，翁君发觉文件信件时常有被翻阅的迹象，她似拥有他，也拥有他拥有的所有物件，他托词换锁，一直没有再配锁匙给她。

到了门口，翁文维截住他看见的第一部街车[1]跳上去，他没有回头，怕变成盐柱[2]。

他迟到了二十分钟。

没有看见吴珉珉。

他坐在阳台的咖啡座上，对着那著名美丽旖旎的沙滩沉思，其实吴珉珉只不过象征他的理想，他不甘心被困在小世界里，他愿意用另外一个方式报答简金卿，随便哪一个法子都可以，但不能叫他从此守在她身边。

翁文维凝视蔚蓝色的天空。

这不关珉珉的事，有没有这少女他都会离开简金卿，她成为他最好的借口，因为她的世界就是他最想去的地方。

他一定要离开简金卿，他连她的小动作都受不了，她

---

[1] 街车：这里指出租车。

[2] 盐柱：典出《圣经·创世纪》，所多玛与蛾摩拉是摩押平原五城中的两个。所多玛和蛾摩拉的罪恶甚重，耶和华要派两位天使去毁灭这城，罗得在城门口迎接他们。所多玛城里的人要求罗得交出天使。后来，天使将罗得和他的妻子、两个女儿救了出来，让他们逃到琐珥去。耶和华将硫黄与火从天上降予所多玛与蛾摩拉，摧毁了所有。罗得的妻子不听天使的警告，顾念所多玛，在后边回头一看，就变成了一根盐柱。

习惯把钞票一张张分开来小心翼翼折好，用的时候又逐张摊开，无限爱怜地交出去……

翁文维紧紧闭上眼睛，不要再想。

“你迟到。”

他睁开眼睛，看到吴珉珉笑眯眯站在他身边，提着鞋子赤着足，她到沙滩去散步了。

他握住她的手：“你应该坐在这儿等我。”

“我碰到一位朋友，她说认识你，你们曾是同学。”

“谁？”翁君笑问。

珉珉答：“她叫简金卿，坐在那边台子。”

翁君错愕地抬起头，简金卿正大大方方朝他们走来，笑着颔首道：“吴珉珉说欢迎我一起坐。”

翁君脸上变色。

她决定不让他有透气的余地。

珉珉说：“车子重泊，有人要出来，我去把车让一让。”

珉珉走开以后，翁文维铁青着脸，一声不响。

简金卿并不退缩，硬碰硬僵在他面前。

珉珉去了很久，像是故意制造机会让他俩说话，但是，两人并无交换一言半语。

终于珉珉回来了，翁文维迎上去：“我们换个地方吧。”

简金卿说：“好像有人答应过送我出去。”

珉珉笑道：“上车来吧。”

珉珉最客气不过，她对翁君说：“让简小姐坐车头舒服点。”

途中简金卿把车窗打开，风扑进来，全部扫在后座翁君的脸上。

简金卿问：“假如他不爱你了，你会怎么办？”

珉珉诧异：“问我？我没有这样的经验。”

“你真幸运。”

“是吗。”珉珉笑，上帝最公平，所以她并没有得到父母的爱。

珉珉的目光一直留意着倒后镜，是简金卿先发觉，吴珉珉在与人斗车。

她车后有一辆黑色的跑车，不徐不疾地追着有一段时间了，不上来，也不堕后，距离维持三米左右。

无论吴珉珉怎样左右穿插，都没有甩掉它。

吴珉珉的嘴角一直蕴有笑意。

简金卿明白了。

她转过头去看翁文维，翁君太过自我中心，竟没有留意到戏中有戏，车上三人各自怀着鬼胎。

简金卿问："后面是谁？"

吴珉珉没有回答："对，你在哪里下车？"

"市区无论哪里好了。"

珉珉转身同翁君说："你同简小姐一起下车可方便，阿姨叫我早点回家呢。"

翁文维还来不及回答，珉珉已停下车，待两人落地，挥挥手，一溜烟开走车子。

翁文维问简金卿："你全告诉她了？"

"我一个字也没有说。"

"她应该起疑心。"

简金卿冷冷地笑："你要很关心一个人，才会反复地思疑她。"

"你在说什么？"

"我说什么，日后你会明白。"

吴珉珉心不在焉，怎么会有空对他俩起疑心。

翁文维说："你先一阵子不是说想到新南威尔士大学[1]念书？"

"那是很早之前的事了。"

"离开这里会对你有好处。"

"我知道，"简金卿苍凉地说，"我办不到。"

"那么你选择同归于尽。"

简金卿一愣，怔怔地看着翁君。

翁文维笑笑："只有三个选择：结婚、分手、同归于尽。第一项已经没有可能，我总得让你选第二或第三项，否则太不公平。"

简金卿握紧拳头，过片刻说："你把飞机票及头一年学费食宿给我，我即刻走。"

翁文维本来以为他会大喜过望，但是没有，他听得他自己低低地说："我明日把本票送上来。"

就这样在街头，他们解决了近十年的恩怨。

他追上去："我感激你。"

---

[1] 新南威尔士大学：The University of New South Wales，澳大利亚一所世界顶尖研究学府，澳大利亚名校联盟"八大名校"之一，简称 UNSW。

简金卿回头说：“不必，我这样做，是为我自己。”

翁文维低下了头。

简金卿忽然说：“你要当心吴珉珉，她是一个非常厉害的角色，她一早便知我是谁，只是不肯点破。”

“不会的，她不是那种人。”

简金卿不再多说，她不用再为他设想，不用为他好，不必替他操心，她的责任已尽，除出失落的苦楚，她也有种放下重担的感觉。

她走了。

在该刹那，她由输家变为赢家，背影笔直，洒脱坚决，翁文维像是又看到了从前的简金卿，他想叫她，终于忍着心看她走了。

第二天起，吴珉珉就没有再听翁文维的电话。

陈晓非问她：“这样逃避可是个办法？”

珉珉睁大眼睛：“翁文维原来有未婚妻。”

陈晓非不置信：“我以为你一直不在乎。”

“在乎，怎么不在乎。”

“我以为你一年回来好几次也是为着见他。”

“是呀，彼时我不晓得他有未婚妻。”

陈晓非啼笑皆非。

“假如他再打来，叫他回到未婚妻身边去。”

一辆黑色的跑车在等她。

翁文维找上门来。

陈晓非本来不想放他进屋，洪俊德说：“你跟他说说明白，省得天天来烦。”

陈晓非便请他坐下。

开门见山说：“珉珉讲，叫你回到未婚妻身边去。”

翁文维惊道：“我前任未婚妻已往外地升学。”

陈晓非耸耸肩：“那恕我不能再给你什么忠告。”

“珉珉呢？”

“她出去赴约。”

“来接她的可是一辆黑色跑车？”

“是吗，有一辆那样的车子？翁先生，我想你不必再来了，没有用的，你应当比谁都明白。”

陈晓非的语气甚为讽刺，翁君当然听得明白。

他耳畔充满嗡嗡声，他记得他放下茶杯，被主人家送到门口，与另外一位客人擦身而过，游魂似的荡下楼去。

梁永燊看着翁某的背影，用手指在空中画一个完字。

陈晓非拿牌出来："活该，他怎么甩脱人，人也怎么甩脱他。"

梁永燊看着手上的牌，只得一对红心十。他轻轻说："吴珉珉是阿修罗。"

陈晓非陡然变色："你这小子，不干不净说些什么。"

梁永燊一向甚得阿姨欢心，这次被她一喝，手中纸牌落地。

洪俊德连忙来解围："现在你可知道什么叫河东狮吼了吧。"

小梁没想到阿姨这样维护珉珉，吓一大跳。

只听得陈晓非说："情场如战场你没有听说过？总有个把人做伤兵，个把人做逃兵，自然有人打胜仗，也有人打败仗，你若怕，就别打。"

但是，有阿修罗，就有修罗场。

梁永燊赔笑道："阿姨宠珉珉真宠得厉害。"

他们都不喜欢翁君，并不关心他的下场。

翁君到大学去寻找吴珉珉，她已转了校，校方拒绝把联络地址告诉外人。

翁文维终于尝到简金卿失意的滋味，那日，在酒馆喝得醉醺醺，伏在桌子上，忽然听见有人叫他，抬起头来，看到吴珉珉伸手招他，他身不由己跟她出去，来到门口，吴珉珉已经不见，过来扶他的是简金卿，他哽咽了。

一头栽倒在地上，躺着没起来。

过一会儿，他挣扎着爬起来。

也可以说，他再也没有站直，他是一个不安分的年轻人，梦想突破他的出身，去到更高更远的地方，他没有走对路。他不甘心每夜自同一窗子看同一片星天，他想走遍天下，自不同的窗口看出去，看尽苍穹所有的星。

在往后的日子里，他再也不能像以前那般振作。

我们已经走过头了，必须往回绕，才能够知道，用黑色车子，把吴珉珉载走的，是什么人。在生活中，时间控制我们，在故事里，我们控制时间，爱飞驰到哪个空间，就是哪个空间，这解释了为什么你爱听故事而我爱说故事。

让我们选这一刻吧。

阿修罗

伍·

我们得到一些，
当然也必然失去一些。

盛暑，吴家的书房，吴太太携幼子归宁，吴豫生与女儿已经谈了一段时间。

他说："告诉我为什么转校。"

吴珉珉抬起头："因为张沼平在普大[1]，你明白吗？"

吴豫生文明兼民主，笑道："我明白，但，谁是张沼平？"

"一个朋友。"

吴豫生点头："我以为梁永燊才是你的朋友。"

"呵，他永远会是我至亲好友。"

吴豫生笑："即使如此，他也一样受到伤害。"

[1] 普大：普林斯顿大学，Princeton University，是世界著名私立研究型大学，位于美国新泽西州的普林斯顿市，是八所常春藤盟校之一。

吴珉珉沉默，过一会儿她无奈地说："接近我的人，无可避免地，或多或少，都似受到若干伤害。"

吴豫生连忙说："有些人咎由自取。"

珉珉笑。

吴豫生一直这样教导女儿，生活中无论有什么闪失，通通是自身的错，与人无尤，从错处学习改过，精益求精，直至不犯同一错误，从不把过失推诿到他人肩膀上去，免得失去学乖的机会。

吴氏的家庭教育一向这样凄清。

张沼平早已换过车子，他现在开的高速车是艳黄色的。

稍微、稍微成熟点的人都会觉得这样的炫耀可能会有点幼稚，但是年轻的吴珉珉却不觉得。

吴豫生说："车子太快了不安全。"

他女儿却惋惜说："父亲，你头发又稀疏又斑白。"父女说的全是真话。

张家富裕，不但父母宠着这个孩子，祖父母、叔伯，都认为要尽量满足他的要求。

珉珉在一间乡村俱乐部与张家吃过一顿午餐，并没有事先约好，张沼平带她去那里逛，刚好碰到各人，便坐在同一张桌子上。

众人看见外表如此清纯的少女，已经充满好感，张小弟从前带在身边的女友都浓妆奇服。

张伯母搭讪问：“吴小姐家长未知干哪一行？”

珉珉从实：“家父吴豫生从事教育工作，现任大学堂文科系主任。”

张伯母放下心来，明理的生意人也十分敬佩读书人，钱，他们已经赚够，太多没有意思，倒是希望家里添增一点文化气息。

张沼平笑：“家母十分喜欢你。”

珉珉说：“我也喜欢她。”

生活圈子阔了，希望可以渐渐淡忘童年往事。

表面上若无其事，珉珉仍遭梦境困扰。

一到暑假，年轻人鲜有不玩到三更半夜，晚上睡不足，中午会胡乱靠在什么地方眯一眯，大脑不能完全休息静止，乱梦特别多。

一日看阿姨玩牌，累了，在长沙发上一躺，精魂就似出窍，悠悠然去到一间平房，珉珉意识十分清醒，一见就认得，这是她的祖居，推开门，就可以看到母亲，珉珉害怕起来。

原来她并不想知道真相，但是身不由己，自一格窗户飞了进去。

珉珉看到的不是她母亲，而是她自己，一点点大，坐在小桌子前，正写阿拉伯数字呢。

她百忙中笑了，这么小这么无助，抓笔都有困难。

珉珉忽然惊恐起来，这不正是发生意外那一日吗，她可是快要看到真相了？珉珉浑身颤抖。

她自长沙发上跃起，尖叫起来："火，火！"她掩着双耳，冷汗自额角背脊淌下。

梁永燊第一个扑过来握住她的手，他知道她的事如同知道他自己的事一样。

"只是噩梦，珉珉，只是噩梦。"

珉珉怔怔地看着梁永燊，脸色惨白，嘴唇簌簌地抖。

陈晓非轻轻说："还是心理学的高才生呢，连自己的心理学都不懂得，通通是幻象。"

珉珉握着梁永燊的手："不，我已经进去了，我已回到祖屋里，看到了自己，下一个梦，我必定可以知道真相，啊，多么可怕。"珉珉用手掩住脸，泪流满面。

陈晓非摇摇头。

珉珉的衬衫湿透，蝉翼似的贴在肌肤上。

门铃响了，来客是张沼平，珉珉马上笑起来，忘却不愉快的梦境，高高兴兴地迎出去。

梁永燊拾起纸牌，看半日，也数不清楚五张牌的点数。

陈晓非讽刺他："小梁是被虐狂。"

张沼平却问："他们真是扑克迷，有没有下注？"

珉珉笑笑。

"那个年轻人是谁？同你好像很熟。"

"他是一个珍贵的朋友。"

张沼平笑："最惨便是做这类人：完全没有性别、吸引力、感觉，模糊地成为人家的好朋友……我不要做你好朋友，要不你爱我，要不你恨我。"

"然而我在你心目中也不是第一位。"

张沼平诧异："还说不是？"

珉珉的眼角朝他的跑车瞄一瞄。

张沼平认真地说："那是我身体的一部分。"他干脆承认，"将来，其中一个轮胎肯定会跑到我腰间来。"

珉珉没有笑，她有点怅惘，用双臂箍着张沼平的腰。

这年头，二十岁不到的女孩子，已经有许许多多过去，许许多多故事。

珉珉把头靠在他背上。

张沼平轻轻地问："你要不要与我结婚？"

珉珉不出声。

"早婚有早婚的好处，先养三两个孩子，把他们交给祖父母，然后我们再继续学习，奋斗事业，孩子管孩子长大，我们管我们长大，大家都成熟了，才约好一起跳舞去。"

珉珉责备他："这是哪一国的幻想曲？"

"沼平国里，什么都有可能，请随我来。"

盛暑天里，无法停止出汗，两个人的白衬衫都沾在身上，张沼平轻轻替珉珉拨开额角细发。

这样亲热，也没有同居。

他租公寓住，她一直待在宿舍里。

陈晓非对这个很放心："看，两个地址，有头脑才会这样做。"

冬季应付考试，珉珉坚持待在书桌前，张沼平心中没有这件事，玩笑地收起珉珉的书本笔记，这是他们感情最受试练的时候，他一直说："你若爱我，就不必有自己的生活。"

像其他女孩子那样穿起鲜艳的衣裳，坐在赛车场跑道专等她们的男友凯旋？

吴珉珉不是那样的人，她办不到。

生命中有许多不测，练好学问傍身，是明智之举。

张沼平同她开玩笑似的说："观众席上那个位子空得久了，总有人坐上去。"

珉珉不语，是吗，那么多人喜欢呆坐不喜欢独立？

放了学她去看他，他与教练、助手、朋友围着一辆车，蹲着研究它的得与失，他的手轻轻拍打车身，真的好像把它当有生命似的。

珉珉微笑，不去惊动他，在一边买食物与饮料，街边档的热狗另有风味，珉珉在面包上挤上许多芥辣。

正欲张口咬，她听见莺声呖呖的声音问要一杯热咖啡。

那是一个红发绿眼的少女，穿极短的圆裙、紧毛衣、小靴子，打扮成啦啦队员样子。

她与珉珉攀谈起来：“你是谁的女孩？”

珉珉微笑：“我不是任何人的女孩。”

“那你是怎么进来的？”她好奇。

珉珉反问：“你呢？”

“我？我与张一起来，你看到那辆法拉利没有，那就是张的车子。”

珉珉仍然微笑。

红发女又说：“张是个英俊的男子，你说是不是？”

珉珉以客观的态度看一看张沼平：“对，你够眼光。”

红发女高兴地问：“你叫什么名字？”

“你呢？”

“苏珊·奥勃朗。”

珉珉说：“幸会幸会，我还有点事要早走一步，下次再谈。”

苏珊捧着咖啡向张沼平那组人走去。

张太过专注，一直没有抬起头来，根本没有看见吴珉珉，他熟络地自苏珊手中接过咖啡喝一口，又让她拿着，苏珊也就着纸杯喝一口，再交还给他。

珉珉看到这里，拉一拉围巾，回到宿舍去。

坏情绪当然影响她，但她却不让情绪操纵她，珉珉写功课至黄昏。

她要用的一本书被同学借去，故走到三楼去取返，再回房门，看到张沼平坐在她书桌前。

珉珉神色自然："我们今天好像没有约会。"

"你把功课看得太紧张了，将来要后悔的，念大学要带点幽默感，千万别让大学反过来控制你。"

"我不肯定我明白你说什么。"

"有一个时间，你听得懂我每一句话。"

宿舍房间只得一张椅子，被张沼平占据了，珉珉只得坐到床沿。

张沼平拍拍大腿，叫珉珉坐过去，珉珉扬起一条眉，假装看不见。

张沼平说："或许你会考虑搬到我家客房来住。"

珉珉接上去："如果我不愿意，那房被别人霸占了，可不能怨我。"

"我肯定你今天在闹情绪，"他站起来，"我们明天见。"

珉珉不出声。

张沼平在她身后说："我知道你今天来过赛车场，教练看到你，你也见到苏珊·奥勃朗，但你错了，她只是我的副手，倘若我因事不能出赛，便由她替我，你要是稍关心这场赛事，便会了解我们一组人的关系。"

珉珉不出声。

"吴珉珉，有时我觉得你十分阴沉可怕。"

珉珉想抗议、申辩，但是一站起来，就泄了气，她最怕替自己辩护，一开口，必然不能避免诋毁对方，她紧紧闭上嘴。

张沼平又气又累，匆匆离去。

天已经全黑，宿舍小路并无照明，张沼平走往停车场时被石坡道一绊，险些摔跤，他踉跄站住，发觉已经扭了足踝。

张沼平当时不以为意，一径开车去与同伴会合，一坐下先灌一品脱[1]啤酒，才平了适才怒意。

回家已是午夜，苏珊扶他进屋，他倒在沙发里，苏珊替他脱鞋，一触到他右脚，他便号叫，球鞋终于除下，张沼平的足踝肿若蜂巢。苏珊撑着腰诅咒他：“你明知过两日要举行赛事，张，你太不负责任。”

张沼平已经七分醉，仰天咯咯笑。

苏珊连忙拨电话给教练，着他即时赶来。

珉珉也诉苦，在电话里她对阿姨说：“我回家算了，念毕全程有个鬼用。”

陈晓非沉默一会儿，完全知道毛病出在哪里：“那赛车手同你有龃龉对吗？”

“不，不是为了他。”

陈晓非笑出声来。

“我觉得沮丧。”

“有假期你不妨到处走走。”

“你能不能来陪我？”

---

[1] 品脱：英制单位，1 夸脱 = 2 品脱 = 1.136 升，1 品脱 = 20 盎司 =568.26125 毫升。

“好主意，我先向你姨丈请假。”

珉珉抖擞精神：“他没有不准的。”

两天之后珉珉在飞机场接到阿姨。

陈晓非四围看看：“飞车手呢？”

珉珉低下头：“他一直没有再来找我。”

“斗胆，让我来教训他。”

“算了，阿姨，你住哪间酒店？”

“且慢，看我把谁也带来了。”陈晓非侧一侧肩膀。

珉珉马上看到他，“梁永燊，老好梁永燊。”她欢呼着过去拥抱他。

珉珉把脸紧紧压在他胸膛上，良久不肯松开，梁永燊一低头，只见她泪流满面。

他连忙取出手帕偷偷交给珉珉。

陈晓非在一边说：“好了好了，这么亲热怕小梁会误会你对他旧情复炽。”

珉珉抹干眼泪才抬起面孔。

梁永燊搂着她：“我们走吧。”

珉珉这才问他：“你怎会有空？”

他笑答："我毕业了，青黄不接，正找工作。"

"姨丈那里不是要用人吗？"

"我一直赢他的牌，他生我气，不要我。"

这下连珉珉都破涕为笑，她双臂紧紧箍住梁永燊腰身不放，梁永燊只觉麻痒麻痒，一点也不介意珉珉对他亲热。

陈晓非并不表示诧异，年轻人的感情一如包袱，丢来丢去，自一人之手传至另外一手，最终鹿死谁手，谁将之拆开细究内容，尚属未知之数。

陈晓非看梁永燊一眼，知道这次做对了，她这张飞机票没有白费。

陈晓非自称老人牌，要即时回酒店休息。

梁永燊一点倦意也没有，青春万岁，与珉珉共逛公园。

他问："为什么不开心？"

"现在没事了。"

"同小朋友不愉快？"

"他完全不关心我，不正视我的需要。"

吴珉珉再也没想到张沼平在公寓里正对教练发同一牢骚："她完全不关心我，不正视我的需要。"

他的脚已经照过 X 光，打了包，搁在茶几上。

他烦恼地说：“她竟不来看我，连电话都不肯拨。”

苏珊说：“我去告诉她一声。”

“你不认识她。”

苏珊拨一拨红色长发：“第六感会帮助我找到她。”

教练看他们一眼：“你们可需要忠告？苏珊，我劝你别去。”

“为什么？”苏姗已经在穿大衣。

“越帮越忙。”

“这个误会一定要亲自解释。”

张沼平赌气：“她才不会听你，索性跟她说我脖子已经折断，岂非更加省事。”

苏珊笑着出门。

她在宿舍会客室等候良久，一直注视时间，刚在踌躇想要离去，忽见两名东方人向她走过来。

苏珊一眼便认出该名少女，她在赛车场见过她。

苏珊笑：“我们又碰头了。”

珉珉向她点点头：“找人？”

苏珊笑："我找吴珉珉，也许，她是你的同学？"

珉珉一怔，看梁永燊一眼，他的目光给了她勇气："我正是吴珉珉。"

苏珊·奥勃朗讶异："你，原来是你，你是张的女郎。"

吴珉珉觉得刺耳："我说过，我不是任何人的人，我是我自己。"

"那好极了，我们能否说几句话？"

"你说好了。"

"你的朋友——"苏珊看梁永燊一眼，猫儿眼闪闪生光，犹如两颗祖母绿。

苏珊心中暗喜，事情比她预计中容易得多，原来这女孩便是吴珉珉，看上去并不厉害精明，再说，她身边也另外有人，态度亲昵，想必理亏，这次谈判，成功率百分百。

当下吴珉珉说："你有话要讲，当着我朋友讲好了。"

正中下怀，苏珊笑道："也没什么特别的事，张叫我来说一声，他同你，就此丢开算数。"

珉珉耳边嗡一声。

梁永燊心中难过，连忙握住她的手。

苏珊笑道："不过我看你也不愁寂寞。"

珉珉强自镇定："还有什么话，请速说速去。"

苏珊自手袋中取出数张门券放下："星期三请来观赛。"

她扬长而去。

珉珉低下头，梁永燊几次托起她下巴无效，劝说："张沼平也许在气头上。"自觉语气空洞，毫无说服力，便自动噤声。

珉珉站起来，看着窗外："她给我们几张票子？"

"三张。"

"那正好，你、我，还有阿姨，明天一起去。"

"我认为这件事情还有蹊跷。"

珉珉转过头来："我不想再加以追究。"

"每个人都应该得到一次解释的机会。"他为着珉珉，居然帮张沼平说话。

"大家都累了，我们明天见。"

人们不解释的主要原因是根本不在乎对方的想法，无关紧要的人，对无关紧要的事有点误会，有什么关系，你信也好，不信也好，都于当事人生活毫无影响，何劳解释。

吴珉珉已经决定，自这个时候开始，张沼平已是个无关紧要的人物。

张沼平等到苏珊·奥勃朗回来，即时问："你看到她没有？"

"看到了。"这是实话。

张沼平问："她肯不肯来？"

"我们谈了一会儿。"这也是实话。

"珉珉怎么讲？"张沼平欠一欠身子。

"张，她不是单独见我的。"这话也不假。

张沼平一怔："什么意思？"

"她身边有一位男士，与她状甚亲热，他好似姓梁。"这确是事实。

梁永燊，张沼平愣住，这个人来干什么？

"张，一切解释均属多余，她没有给我太多时间，她叫我走。"

张沼平沉默，他把身子窝进沙发里。

苏珊像是已经交代完毕，耸耸肩："教练，我们还有事要做。"

两个人一起离去。

在门外教练问苏珊：“你认为张会相信你的鬼话？”

苏珊淡淡答：“我所说的，每一句话都是真话。”

“但是先后次序安排导人误解。”

“对方智慧低，可不是我的错。”

隔一会儿，教练问：“为什么那样做？”

“我不喜欢那女人，”苏珊说，“我憎恨那种生下来拥有一切的人。”

教练不出声。

“而且，”苏珊说，“他们互相猜忌，根本没有感情基础。”

每一个人的话都有智慧，苏珊·奥勃朗这句是至理名言。

第二天陈晓非问：“小张呢，躲起来不见人？”

“他大概在赛车跑道上。”梁永燊看珉珉一眼。

珉珉却十分心痛地低呼：“阿姨，你竟也有白头发了。”

“早就有了，外甥女都这么大，我还能不老吗？”

珉珉是真的不甘心：“不不不，那我就不长大，阿姨也不要老。”

“老天才不理你，”阿姨握住她的手，“你姨丈情况更差，头发又白又秃，身体五劳七伤。”

“我不知道他身体不妥。”

“进厂修理过好几次，我得照顾他，不宜时常远游。”

珉珉说：“我跟你们回去算了。”

“我叫小梁在这里多陪你一会儿。”

梁永燊抗议：“永远把我当作最无所谓的一个人，我又不是百搭，我也有正经事要做。”

陈晓非看着他笑：“你干吗不索性承认吴珉珉就是你至要紧的正经事。”

小梁半晌作不得声。

珉珉一直没有抽空去找张沼平。

张沼平更不知忙些什么，音信全无。

那几张赛车入场券，本来已经被珉珉扔到一角，不知怎的，忽然又出现在书桌上，珉珉说：“我去看赛车。”

陈晓非皱眉道：“我不喜欢这种玩意儿，这同古罗马斗兽场有什么不一样。”

陈晓非还是去了。

那一日下潇潇雨，赛车场看台挤满观众，没有人因天气退缩，不是撑着伞就是穿雨衣戴雨帽，七彩斑斓。

陈晓非说：“真冷。”呵气，搓手，缩脖子。

珉珉解下自己的围巾，绕在阿姨肩上。

梁永燊连忙解下他的给吴珉珉。

陈晓非笑着喝一口热咖啡，指向咆吼着正在排位的跑车问：“哪一辆是张沼平的？”

“黄色十六号。”

“他怎么不过来打招呼？”

珉珉的目光四处搜索苏珊·奥勃朗，却不见她。

只看到教练俯首与张沼平做最后几句吩咐，便退后站一边，抬头看见吴珉珉，向她摆摆手。

彩旗舞动，赛车依次序排列好，在信号下冲出去夺标。

第一个圈子，黄车便争到首位。

陈晓非喃喃说：“要是真心喜欢人呢，也就别斗意气了，趁人拿第一名的当儿上去献一束花，趁机冰释误会。”

珉珉默默无言。

雨忽然密了，撑着伞的手有点酸，珉珉想离场，她不该接受苏珊·奥勃朗的挑战，她不该来。

车子斗至第二个圈子，说时迟那时快，十六号黄车忽然向前一跪，前左轮滴溜溜飞了出来，车身失却重心，顿时做三百六十度大转弯，后面冲上来的车子来不及刹掣，轰然与十六号相撞，观众哗然站立。

珉珉瞠目结舌，看着十六号车似断线纸鹞般飘出去，飞过栅栏，落在草地上，隆的一声，着起火来。

观众一声惊呼接一声惊呼。

救护人员发狂似的奔向残骸。

吴珉珉早就扔掉伞，不顾一切，尽了她全身力气，出力跑向草地。

一路上她只听到她自己的心跳怦、怦、怦、怦，肺似要炸开来，寒风似刀刺向她的面孔。

赶到残车附近，只见救火的救火，救人的救人，火势迅速被化学喷剂救熄，车门已被打开，拖出司机，珉珉用力推开众人，过去蹲到张沼平身边，救护人员在这时打开司机的头盔，露出一头红发。

吴珉珉跪在泥地中呆住，不是张沼平！

受伤的司机是苏珊·奥勃朗。

苏姗睁开她的绿眼睛，伸出手来，抓住吴珉珉。

她部分衣物已经烧融，烂塌塌与皮肤黏在一起，非常可怕，珉珉瞪着她血肉模糊的手。

救护人员把苏珊的手拉回来，要把她抬上担架。

苏珊张开嘴巴，忽然说：“你赢了。”

珉珉退后一步，撞在一个人身上。

苏珊已被推上救护车，车子呜呜而去。

扶着珉珉的是教练。

珉珉一脸惊异的问号。

教练喃喃地说：“一切都是注定的。”

这时候，梁永燊与陈晓非也赶到了，一迭声问：“张沼平怎么样，张沼平有无生命危险？”

她不行了。

绿色眼珠中宝光已经退去，剩下的是没有生命的玻璃似的眼睛。

珉珉呆若木鸡，缓缓由梁永燊扶着走回看台。

她赢了？

赢的一方不是可得奖品吗，吴珉珉得到什么？

她一头一身都是泥浆雨水，梁永燊拿外衣遮住她。

比赛并没有因为一辆失事出轨的车子停止，他们缓缓走向看台，珉珉一抬头，看到张沼平站在她面前。

他撑着拐杖，一只脚打着石膏，珉珉明白了，他受伤，苏珊以副手身份替他。

他瞪着珉珉，忽然责问她："你一贯如此残酷惩罚你的敌人？我曾听说你的事迹，我不相信，苏珊说一两句谎言，就该被判活活烧死？"

珉珉脸色转为煞白。

"吴珉珉，来，"张沼平踏前一步，"来对付我，使我死无葬身之地。"

梁永燊与陈晓非连忙挡在珉珉身前，教练拉开张沼平。

吴珉珉只听见张沼平痛苦地号叫，一声接着一声，没有停下来。

陈晓非拖着珉珉离开现场，她简直要奋力把珉珉塞进车厢里，然后紧紧抱着她簌簌发抖的身体。

珉珉绝望地低呼："不是我的错，不是我的错。"

陈晓非说："当然不关你的事。"

雨已滂沱，梁永燊开急雨刷，路前白蒙蒙一片。

这时候，陈晓非忽然发觉她也在发抖。

她的手一松，珉珉挣脱她的怀抱，用力推开车门，梁永燊大吃一惊踏下刹车，车子吱的一声旋转停下，珉珉跳下车向山岗上奔去。

陈晓非想追，奈何力不从心。

她哀求梁永燊："你去把她拉回来，去呀。"

梁永燊恢复冷静："让她发泄一下也是好的。"

他的镇定感染了陈晓非，她点点头。

梁永燊把车子停好，取过伞："阿姨，你在这里休息一下，我去陪她。"

他甚至扭开了车内的收音机，让陈晓非听音乐。

珉珉手足并施，已经爬到小山岗的平顶。

雨越下越大，一道闪电在半空划过，雷声隆隆。

珉珉仰头看天空，大声叫道："我不要拥有这种力量，撤销它，从今以后，你不能再控制我！"

珉珉的面孔向天，雨水彻底淋湿她通身，她痛苦地用双臂紧紧抱着自己身体，失声痛哭。

梁永燊静待一旁，待她哭过了，握住她的手："我们回去吧，旷野闪电有危险。"

"不要理我，你到现在应当明白，离得我越远越好。"

梁永燊轻轻说："够了，不要再惩罚自己。"他停一停，"况且，即使你有什么力量，刚才也已经交还了。"

他扶着珉珉下山。

陈晓非站在车外等他们，一看见珉珉便说："无线电刚才报告，苏珊·奥勃朗无生命危险。"

梁永燊说："看，我讲对了，你并无任何诡秘的力量。"

珉珉呆呆地看着他。

梁永燊拉开车门："珉珉，你已经受够，我们回去吧。"

过两日，珉珉的情绪尚未完全平复，张沼平找上门来。

陈晓非厌恶地说："出去出去，这里没有人要见你。"

珉珉从门缝里看到他："阿姨，让他进来。"

张沼平很镇静，他在珉珉对面坐下。

珉珉低着头，不想看他的脸。

他轻轻说："苏珊会得康复。"

珉珉说："那的确是好消息。"

“我特地来向你道歉，我不该怪你，我收回我说过的那些无礼的话。”

“我原谅你，你情不自禁，不能控制。”

张沼平仰起头看向窗外：“你说得一点不错，她受伤后我才发觉对她的感情有多深，我们打算结婚。”

“我很高兴我没有阻碍你们。”

张沼平站起来：“我错怪了你。”

“告诉她，她没有输。”

珉珉把张沼平送出去。

陈晓非惊问：“为何这样大方？”

珉珉忽然说：“因为我也决定结婚。”

“同谁？”

梁永燊站在一旁，一颗心跳得似要从喉咙跃出。

珉珉却说：“同我的功课，我再也再也再也不要与异性来往。”

梁永燊有点心酸有点轻松有点感慨，心情十分矛盾。

珉珉转过头来看住梁永燊：“告诉我为什么男性那么奇怪，他们到底要什么。”

梁永燊无言以对。

陈晓非来解围："我们女人也不容易了解，很多时候，我们也不知道要的是什么。"

珉珉沉默。

梁永燊在她阿姨走了以后又陪了她一段日子。

珉珉可以一整天不说一句话，梁永燊觉得失败，也觉得灰心，趁春假，他轻轻离开。

陈晓非第一个发觉他变了。

开头是推忙新工作，把一个礼拜三次的牌局减至一次，后来连这一次都频频改期。

洪俊德打一个哈欠："不用问，他准是找到异性朋友了。"

"什么，"陈晓非不忿道，"他如何向吴珉珉交代？"

洪俊德看妻子一眼："公平一点，吴珉珉何尝把他放在心上过。"这句话实在不假。

陈晓非颓然："吴珉珉的魅力难道消失了。"

洪俊德开玩笑："你应该知道，你是她的守护者。"

梁永燊带来他的女朋友袁钧英。

那女孩是他的同事，他们有许多共同的兴趣，而且好像真的在恋爱了，即使在长辈家中做客人，亦忍不住眉来眼去，找机会偷偷地笑。

梁永燊脸上有一种前所未有舒泰的表情，他胖了，也钝了，那女孩很愿意照顾他，茶水点心都递在他手中，他发脾的时候，她提点他。

陈晓非简直讨厌这个袁钧英。

珉珉要是知道，一定会叫她吃苦。

陈晓非想到这里，忙不迭掩住自己的嘴，都是她这样的人，叫吴珉珉蒙上不白之冤吧，那可怜的，自幼不为父母所喜的女孩子哪里能叫什么人吃苦。

袁钧英最后还是问起了她："珉珉呢，可打算回来度假？"

陈晓非不得不说："此刻她也许已在旅途中了。"

袁钧英一直知道有这个人，梁永燊时常说起她，口气有种出奇的温柔，袁钧英知道无论梁永燊怎么形容，这个吴珉珉都是她的假想敌，她决不相信吴珉珉是他的小朋友。

"梁永燊，"袁钧英转过头去，"你一定要介绍我们认识。"

陈晓非当着众人面问小梁："珉珉可知道这件事？"

小梁胸有成竹，不慌不忙地答："我一早与珉珉说过了。"

年轻的一对告辞以后，陈晓非心中继续哀酸整个下午。

凭什么那个姓袁的女孩不费吹灰之力就得到这样理想的归宿呢，吴珉珉总吃亏。

洪俊德看了妻子：“人家暗中用劲你不晓得，见人挑担不吃力。”

她不出声。

洪俊德取笑她：“最近每个人安分守己，天下太平，你就不耐烦了。”

陈晓非握住丈夫的手：“你说得对。”

“吴豫生升了系主任，夫妻间真正谅解，我同你无灾无难，珉珉快要毕业，家里从来没有比现在更正常过，你别撩是斗非。”

“可是老像少了一点什么。”

“我知道，刺激。”

珉珉回来就问：“见过梁永燊的女友没有，长得好不好？”

“很普通的一个女孩。”阿姨问，“你呢，你有没有新朋友？”

珉珉摇摇头：“功课那样紧，何来余暇。”

“珉珉，你一直有斗志——”

珉珉笑着打断她：“阿姨错了，我最怕比赛竞争，我最无勇气。”

她到客房去看一看，发觉床已经换过。

阿姨解释：“以前那张太软，所以你老做梦。”

“梦来梦去，哪里由人控制。”

“是吗，心理学有这样一说？”

珉珉平躺在新床上。

她对阿姨说：“自从把力量交还之后，我安乐得多。”

“力量，什么力量？”

珉珉笑：“看，你已经忘记我有力量了。”

陈晓非笑：“真有异能的话把梁永燊去争回来。”

珉珉摇摇头：“人家善待他看重他，他应当与她在一起。”

陈晓非说：“有时候我真希望你的确有那股力量。”

吴珉珉笑了。

袁钧英见到吴珉珉的时候姿势很特别，她的手臂插在小梁的臂弯里，一半身体重量就挂在梁君那条臂膀上，她的头，很自然搭在梁永燊肩膀，一双眼睛，上上下下、左左右右打量吴珉珉，嘴角似笑非笑。

珉珉一点不介意，大大方方向她问好。

袁钧英有点紧张，因此一直笑，也一直讲。

梁永燊觉得尴尬了，这个平常温柔体贴的女孩子竟如此经不起考验。他轻轻把女友推开。

珉珉识相地侧过脸，假装没看见，怕梁永燊窘。

她把话题拘束在东西两方食物之优劣比较，去年度十大天灾人祸，以及美苏两国核武器限制之前途等等。

连珉珉自己都不知道原来她对世界也颇为认识关怀。

半小时过后，大家都觉得疲倦，客人告辞，主人叹气。

陈晓非说："我还以为你们要谈到进化论。"

"太危险了，也许人家是专家。"珉珉笑。

梁永燊把袁钧英送到家门，双手插在口袋里，轻声说："我还有点事。"

袁钧英很有第六感："你要回去找吴珉珉，是吗？"

梁永燊不出声。

夏季才开始，不知哪一棵树底下已经钻出第一只蝉来，长长鸣叫。

梁永燊乐似受催眠，他温柔地点点头。

袁钧英震惊地说：“我以为我们之间已经没有障碍。”

梁永燊答：“这个估计是错了。”

袁钧英问：“我输了这一仗？”

梁永燊又飞快地有了无懈可击的答案：“不，根本不是一仗。”他不相信自己的口才会好到这种地步。

趁袁钧英发呆的时候，他朝她微微一鞠躬，转身离去，像一个姿态优雅的舞台剧演员。

他回到洪宅去的时候，那只蝉似紧紧跟住他，他耳畔一直听见嘶嘶蝉鸣。

洪宅出了事。

梁永燊进门适逢担架出来，陈晓非与吴珉珉两人握着洪俊德的手。

那老好人挣扎对珉珉说：“照顾我……”

珉珉慌忙解释：“姨丈，我——”

梁永燊连忙过去向珉珉使一个眼色，珉珉噤声，她阿姨抓住她衣襟：“珉珉，他照顾你那么些年，你不会舍得他的，你会设法挽留他，我知道你会。”

珉珉一阵眩晕。

茶几上还有摊开的纸牌，喝到一半的咖啡，他忽然蒙召，匆匆赶到另外一个地方去。

半夜，陈晓非自医院回来，珉珉见她一脸悲痛，连忙低下头，知道姨丈已经离开她们。

陈晓非的反应使珉珉吃惊，她指着珉珉，厉声道："你没有帮他，他看着你长大，有需要的时候他永远支持你，你无家可归的时候他收留你，但在紧要关头你离弃他，阿修罗，这就是我们供奉你的报酬？"

珉珉退后一步，脸色转为煞白。

她不相信她至爱的阿姨会说出这种话来，可是跟着还有，陈晓非说："你走，我要你马上走，我不再怕你，你不能再控制我，我以后都不要再见到你。"

"阿姨，"珉珉还以为她听错了，"你先坐下来休息——"

陈晓非拉开大门："以后都不要走进我家半步。"

珉珉的感觉怪异到极点，她闭上嘴巴，静静向大门走去，奇怪，脚步很轻，她没有异样举止，很服从地出去，还转头礼貌地掩上洪家大门。

珉珉抬起头，对自己的镇定表示讶异。

梁永燊说："先到我家休息，你阿姨急痛攻心，她不知道说过些什么。"

在车上，珉珉呆着脸，梁永燊忍不住问："你是阿修罗吗？"

珉珉淡然答："如果我是，人们恐怕不敢迁怒于我。"

梁永燊吁出一口气。

"一个普通的女子。"

梁永燊轻轻说："或者你不应将魔法归还，成为普通人。"

珉珉已经闭上双眼。

陈晓非没有收回她说过的任何一句话，她并不打算消除这个误会，她也不认为这是一宗误会。

珉珉没有向任何人求助。

早上，梁永燊上班之前走进书房同她说："你需要一份工作。"

珉珉点点头："下令逐客了。"

"或者，你我可以结婚。"

"逼婚，更糟。"

“两者都是最好的消遣，否则的话，长日漫漫，问你怎么消受。”

“我还有一个梦未解。”

梁永燊点头：“我知道，一个有关火的梦。”

“对，”珉珉两手抱着双膝，“我曾经告诉过你。”

“有些事还是忘记的好。”

“你家沙发不足使人酣睡，做不到好梦。”

“那是个好梦吗，我知道你一直想找到答案，怕那场火由你而起。”

珉珉一震，梁永燊比她想象中更要了解她。

“这些年来，你去到哪里，哪里总有事发生，不但别人怀疑，连你自己都疑惑起来，可怜的吴珉珉。”

“你说得对，梁永燊，我是可怜的吴珉珉。”

“整个世界只得我一个人相信罢了。”

那一夜，小梁带了白酒回来，亲自下厨，做海鲜给珉珉品尝。

喝了两杯，珉珉觉得空前地凄凉，坐在窗前，追思复追思，总觉得前面有一面墙挡住去路，无法通过，只有在梦中，精魂可以飞越一切障碍。

梁永燊穿着围裙走过来："在想什么？"

"对了，"珉珉转过身子，"袁钧英小姐近况如何？"

梁永燊笑："她与表哥结了婚。"

"你看，"珉珉惊叹，"每个女孩子都有后备军来挽救她们的面子。"

梁永燊还是笑。

"她们真本事。"珉珉慨叹。

"有我权充你的厨娘，你也不算太差了。"

"梁永燊，我们认识有多久？"

"久得我知道及了解你的梦。"

他比起从前要开朗及活泼得多，并且也懂得进取，他现在不是没有经验的了。

"久得看着你长大。"他又说。

"我小时候还长得真不错。"小梁凝视她，"不，那时你总像受惊的小猫。"

"现在我仍然害怕。"

"吃饱了就有安全感。"他笑着进厨房去。

珉珉仰卧沙发上，不胜酒力。忽然之间，她听到清脆的叫声“妈妈，妈妈”，心中正奇怪，什么，几时的事，吴珉珉已做了母亲？

一方面厨房间梁永燊的声音传过来：“吴珉珉，你也意思意思，铺铺桌子，否则谁要你服侍一辈子？”

珉珉看见她自己赔笑，自沙发起来，想走进厨房去帮梁永燊，但是一脚踏空，呵，原来走错房间，她又回到童年时的卧室来。

小女孩坐在书桌前写阿拉伯数字，珉珉又看见了她，紧张得手心背脊爬满汗，这次一定不能放过，一定要追到答案。

珉珉一步步走过去，蹲下同小女孩说：“你好吗？”

那小女孩抬起头，没有看见珉珉，又低头握住笔写起字来。

珉珉正打算再与她攀谈，耳边却传来梁永燊的声音：“懒惰的吴珉珉，你在哪里？”

珉珉气结，他偏在这种要紧关头来骚扰她。

珉珉不去理他，蹲在童年的自己面前，清晰地说：

“珉珉，带我去，带我去看清楚，只有你可以解答我心中疑团。”

小小的吴珉珉站起来，她幼小得叫人吃惊，整个人似一只会走路的洋娃娃。

她摇晃一下，转过身子，走出房门。

珉珉连忙紧跟她细小的脚步。

走过走廊，对面有一间相似的卧室，珉珉知道这是她母亲的睡房。

她听到清脆的呼声，“妈妈，妈妈”，是幼儿叫母亲。

小小女孩伸长手，推开房门。

门轻轻打开，房内光线是灰紫色的，珉珉的视线接触到房内，她浑身汗毛竖起，她看到一个女子跪坐地上，伏首床沿。

头发的浓度，背脊线条，都像极一个人，珉珉对这个女子好不熟悉。

“妈妈。”小女孩走进去。

那女子伏着的头抬起来，珉珉看到一张同她自己一模一样的面孔。

这是她母亲?

难怪他们不敢把她照片给珉珉看，这简直是同一人。

她表情充满苦楚，“出去，”她对女儿说，“出去。”

小小孩童并没有听母亲的话，只站着看她。

“那么过来。”她伸开双臂。

母女拥抱一下。

“现在好出去了。”母亲轻轻推女儿一下。

珉珉看着小女孩留恋地、依依不舍地看母亲一眼，轻轻走出房间。

珉珉真正松一口气，不是她，不干她事。

“珉珉，珉珉，”有人推她，还用说吗，当然是梁永燊，“醒来，醒来。”他拍打她的脸。

珉珉用手挡开他，这个人，老是在要紧关头来骚扰她。

他的声音越来越大，在耳边轰轰轰如坦克车：“珉珉，珉珉。”

那小女孩影像模糊了，珉珉觉得她渐渐远离祖屋，“珉珉！”她脸上吃了一记结实的巴掌，痛得流下泪来。

珉珉睁大双眼，看见梁永燊扶着她双肩摇她，神色凝重。

她回来了，怔怔地看着梁永燊。

“你怎么一下子就昏睡了，吓坏我，叫都叫不应，你看你满头大汗，你去哪里了？”

珉珉嚅动嘴唇。

“我知道，你又回到幼时故居去了，你为什么要不住自虐？”

珉珉虚弱地拥抱他。

“这次你又看见什么？”他让她喝水。

“我看到母亲。”

“够了，你日间编的故事晚上放不下来，因而重演，来，洗把脸，尝尝我的手艺。”

珉珉怔怔地说：“也许，事情真的与我无关。”

“我很高兴听到你那么说。”

六个月后，珉珉在生日同一天，与梁永燊举行简单的婚礼。

珉珉开始在一个小小的世界里，度过她前所未有温馨愉快的日子，她似一切满足的小主妇，专心致志为家庭服务，偶尔见到报上有适合她的职位，前去应聘，一看到写字楼那种挤逼紧张冷漠的气氛，立即打退堂鼓。

也许……过些时候再说吧，她迟疑地想，可能将来会找到一门适合她的专业。

这些日子以来，最美妙的事，便是什么事都没有发生过。全世界可能已经忘记了她那么一个人，她也甘心雌伏，忘记了全世界。

家庭生活一点都不闷，看一卷书，出去买一两个菜，一下子到了下班时分，她像小孩一样，坐在近门口的地方，一听得门外有一点点动静像锁匙圈响，便立刻扬声："燊记，是你吗？"飞扑过去开门。

梁永燊由衷地说："我是个幸运的人。"

他再也没想到敏感忧郁到妖异程度的吴珉珉会变成一个钝钝的小妇人。

他说："当心我欺侮你，你此刻已尽失锋芒。"

"真的，"珉珉感慨地说，"我们女性每长一岁，便贬值一次，我又不懂投资保值，创立事业。"

"孩子也是资产。"梁永燊提醒她，向她眨眨眼。

珉珉从来没有考虑过这件事，她失眠了。

第二天，梁永燊准时下班，进得门来，他笑道："猜我带了谁来。"

珉珉那放下已久的警惕心忽然提起来，像一只猫似的，鬃毛微微扬起，全神贯注凝视门外。

小梁身后转出一个女子，伸着双臂："吴珉珉。"

珉珉一见她，心头一松，双目顿时红了："莫意长。"

梁永燊笑道："这次我可做对了。"

"意长，"珉珉拥抱着旧友，眼泪忍不住流下，"我没有一日不想念你，你近况可好，还在结婚中吗，怎么胖了这许多，这次回来，是探亲抑或公干，有没有机会住在我们这里，你那另一半呢？"

意长大吃一惊，推搡她："你真是吴珉珉？天啊，原来幸福婚姻生活真的可以摧毁一个人，你瞧你脱胎换骨了，婆婆妈妈哭哭啼啼，三分钟内说的话比往日整月还多，你完了。"

梁永燊乐得在一旁摇头："真有的说的。"索性到书房去避开她们。

"意长，现在我们是亲戚了你知道吗？"

“我知道，我是你表嫂，我们是妯娌。”

珉珉颓然：“还没到中年已经有往事如烟的感觉。”

意长静下来，沉思一会儿：“我们少年时的生活太快、太任性、太放肆了。”

珉珉不语，踱至一角，沉默良久，才说：“意长，有一件事我想问你，不知有多少日子。”

“我知道，”意长说，“你问不出口。”

珉珉说：“你还记得惠长吧，惠长怎么了？”

“还过得去，住大都会，学美术，出院后一直有点歇斯底里，不过不要紧，艺术家通通神经质。”

“你有没有再见过她？”

“没有，我时常做噩梦，看到身上长长的伤口裂开来，有时候一颗心掉出来，我急忙用手接着，看着它还扑腾扑腾地跳，真不好受。”意长苦笑。

事情可以说出来，可见已经不能刺激她了。

“意长，这件事里，我也有错。”

“珉珉，你怎会这样想，怎么能怪到你身上，你不过是一个无辜的旁观者，我与惠长有宿怨，她有的，我要更多，我有的，她不甘心，自小抢来抢去，没有宁日，邱进益开头夹在我们当中贪玩，最后他才知道玩的是火。”

“火。”珉珉抬起头。

“一点都不错。”

“我总觉我是罪魁。”

意长笑：“每一个美丽的少女都拥有若干杀伤力，为着虚荣心，也大半不介意略为内疚地揽事上身，但相信我，吴珉珉，你、我，甚至是惠长，不过都是很普通的女人罢了，你看，我们一样结婚，一样发胖，一样会憔悴。”

珉珉吃惊，退后一步，用手掩着嘴。

意长惆怅地说下去：“我们的法力随青春逝去，之后就是一个普通人了，谁还在乎我们会否受伤，有无喜乐，现在我们活在一个真实的世界里，做错事要承受后果，我们已经成年，被贬落凡间在红尘中打滚。”

听意长说完这番话，珉珉遍体生出凉意，她打了一个冷战，呆呆看着意长。

“以前你惯于坐在窗前沉思，珉珉，现在呢，还保留着这习惯吗？”

珉珉过半晌才答："家务那么忙——"

意长点点头。

梁永燊捧出茶点来："润润喉咙再说。"挤挤眼。

意长笑说："真没想到小梁倒是俏皮起来，"叹口气，"现在轮到他们占尽优势了。"

意长是真的长大了，口气世故、成熟、圆滑、合情合理，珉珉回忆她俩在宿舍种种趣事，不禁失笑。

"那个梦，"意长想起来，"你还做那个梦吗？"

"很久没做任何梦了。"

"你应该学习写作，"意长打趣她，"把梦境告诉读者，还可以赚取名气与酬劳。"

意长的皮肤比从前深了一个颜色，头发则较旧日焦黄，身材变得最厉害，松身衣服都显得圆滚滚。

岁月对旧友无情，当然也不会特别开恩放过吴珉珉。

她明知故问："意长，我有没有变？"

意长一向爱她，此刻只上下打量了一会儿："没有，一点都没变，同从前一模一样，只是——"

"只是什么？"

“你的眼睛。”

“我的眼睛怎么样？”

“你眼内的晶光到什么地方去了，怎么不见了？”

珉珉慌起来，一定是在路上掉了，回头路那么黑那么长那么崎岖，还怎么去找？

她低下头。

“我们得到一些，当然也必然失去一些。”意长安慰她。

珉珉失笑：“意长，你几时学会这套本领，把大事化小，小事化无？”

“来，我给你看。”

意长把珉珉拉到卧室，关门，轻轻解开衣裳。

珉珉只看到她腰间有一道细长白痕，这便是昔日流血的伤疤。

“这样长这样深的刀痕都会退却，珉珉，世上还有什么大事，庸人每喜自扰。”

珉珉笑了，笑得眼泪都流下来。

过半晌珉珉问：“阿姨对我的误会，会否随岁月消逝？”

意长向她保证：“一切一切，都会遭到时间忘怀，最终心湖波平如镜，一丝涟漪都没有。”

珉珉怔怔地握住她的手。

梁永燊敲门：“莫意长，你鬼鬼祟祟干什么，当心我叫你丈夫来把你领回去。”

意长笑说：“小梁你人来疯。”

梁永燊推开房门：“意长，你自己也有个家呀，你怎么不回家去？”

“意长今夜不走了，我们要说一夜的话。”

小梁说：“我早知道这种事会得发生，鹊巢鸠占，喧宾夺主。”

她们该夜通宵不寐，把一生的琐事细细温习一遍。

两人蜷缩在沙发里，茶几上放着饮料、零食，膝盖上搭着薄毯子，上天入地，无所不谈。

天蒙蒙亮起来，两人站在窗前，看着山下街道人车逐渐繁忙。

“意长，这次你走，不知要到何日才可相见。”

意长伸手摸一摸好友的头发：“一定会有机会。”

她再次与意长拥抱。

“好好地与燊记过日子。”

“此刻他已是我的一切了。”

意长笑：“看样子他也很知道。”

珉珉把她送到楼下。

计程车识趣地停在她们面前。

珉珉摆摆手，看着意长上车离去。

珉珉站在街角，抱着双臂，想到当年，到莫家老宅游玩，十来个少女在那长方形泳池里嬉戏，清脆的笑声，与蓝天白云相辉映。

她们通通是年轻貌美的阿修罗，肆无忌惮，伤害人，也被伤害，珉珉忽然明白莫老先生话内的真正含意。

过了很久，她才回到楼上。

梁永燊已经起来，睡眼惺忪，正在翻阅早报。

珉珉在一旁打量他，错不了，他只是个普通人，而她，是这个普通人的妻子。

“你该理发了。”她说。

“妻子们总是唠叨这些细节。”

“因为丈夫们全部不拘细节。”

梁永燊没有抬起头来，他自己烤了吐司，吃得一桌子面包屑，看完头条，进房换衣服上班。

他走了以后，珉珉找节目消磨时间，她翻开一本教绒线编织的书本，研究了一个式样，忽然觉得困，用手撑着下巴，就睡着了。

一直到醒来，都没有做梦。

梁永燊推醒她："珉珉，珉珉，你这习惯太过可怕，为什么随时随地睡得着？"

珉珉微笑："也许下意识知道婴儿出生之后有好些日子不能舒畅大睡的缘故吧。"

梁永燊要过一两秒钟才能明白是怎么一回事，他竟快乐兴奋得落下泪来。

要做的事那么多，光是与父亲重修旧好就得花些时日，一切由梁永燊主持大局。

谷家华本来放不下包袱，一听到这个消息，不禁也有三分欢喜。

她同吴豫生说："你竟要升级做外公了。"感慨万千，不能自已。

吴豫生趁机说：“也许我们应当聚一聚。”

这一次聚会一直拖到八个多月之后，珉珉抱着婴儿坐膝上，父亲与继母才来探望她。

她父亲的儿子已经是个英俊的小男孩了，一看见幼婴便说：“我是你舅舅，叫我呀。”

真的，他把辈分分析得清清楚楚，大人都忍不住笑起来，气氛一下子缓和。

在梁永燊鼎力帮忙下，珉珉把场面处理得很好，新生儿成为她的挡箭牌。继母问她：“很是吃了一点生育之苦吧？”她笑笑答：“还可以。”话题便自然地伸延开去，像世间任何一个太太同另外一个太太的谈话，以和煦的闲话家常的形式进行。

吃罢点心告辞的时候，那小舅舅不敢放开婴儿，一直说：“他会笑，他同真人一样。”

吴豫生坐上车才说：“终于把这个女儿带大了。”

他没有想仔细，人说到自己的时候从来不想仔细已是惯例，珉珉其实在学校宿舍长大，非在父家，最后一笔教育费且由姨丈支付。

谷家华附和说：“是，教人放下心头一块大石。”

“以后其实可以多些来往。”

谷家华点头说：“是，她现在很正常很亲切，我一直认为陈晓非对她有不良影响，可见没有说错。”

梁永燊做完这个大型节目松一口气，倒在沙发里，他看着妻子，妻子正全神贯注凝视婴儿，她的脸容有点浮肿，动作略见缓慢，一心一意，再也没有空隙容得下其他人，其他事。

梁永燊问：“你可想过要重出江湖？”

“我在喂婴儿上一顿与下一顿之间苟且偷生就已经感觉很好。”

梁永燊笑，过一会儿说：“下月起我升副总经理了。”

珉珉夸奖他：“多能干，我们以你为荣。”

“谢谢你们母子。”

“算是升得很快吧。”

“也许是因为我超级能干的缘故。”

珉珉侧侧头，皱皱眉，永燊仿佛有什么地方不一样了，她刚想追究，怀中婴儿蠕动一下，她即时放弃思考，把注意力放到小小人儿身上。

当这个小小人儿会得走路的时候，吴珉珉又怀了第二名。

这个消息令梁永燊高兴得跳起来："你看我多幸福，别人的太太在外头忙着与男人别苗头，我的太太在家为我养宝宝。"

这个消息连陈晓非都惊动了，她在一个阴暗的早上上来探访珉珉，进屋以后，太阳忽然出来，客厅充满金光。

珉珉笑着出来欢迎阿姨。

阿姨老多了，鬓边有丝丝银发，叫珉珉失神刹那。

陈晓非打量她身段，诧异问："第二名呢？"

"养下来了，在房里正睡呢。"

陈晓非觉得不可思议，这么快，这么便当？她不置信地冲进婴儿房，只见两个孩子睡一堆，小动物似的，一个只稍微大一点，穿工人裤，胖胖小脸上有一点点橘子汁渍子没擦干净，小的裹在软布巾里，头脸都看不清楚。

陈晓非一颗心似遇热的白脱油，全部融化，她轻轻责问："你不够人手为什么不出声，我认识现成的好保姆，孩子要间着生，接二连三，对你身体也不好。"

珉珉只是笑。

陈晓非颓然："对不起，这是我的缺点，我总忘形忘记，你是吴豫生的女儿，而这两个，是吴珉珉的孩子。"

陈晓非只坐了一刻。

珉珉看得出她很寂寞很孤苦，所以说："假使我有女儿，暑假必让她到姨婆家住。"

陈晓非怔住半晌，珉珉以为她不满意，谁知她却说："男孩也不妨，我一样欢迎。"

那夜梁永燊回来，珉珉问："这么晚？"

"累死我。"他边解领带边倒在沙发上。

"阿姨来过。"

"阿姨？"梁永燊似极之陌生。

"陈晓非，我唯一的阿姨，你一度的牌搭子。"

"啊。"他恍然大悟，像是想起咸丰年间旧事，那灰尘飞扬的小巷子在夕阳里忽然走出一个故人来，叫他难以辨认。

珉珉为他的态度吃惊，她对一切回忆都整理得井井有条，逐件逐项依次序安放在一格一格小小抽屉里，随时可以抽查。

小梁连阿姨都不复记忆了，那一向喜爱他的阿姨。

他疲倦到极点，倒在床上，即时入梦。

珉珉不知道他近日做些什么梦，她想挤到他同一梦中，既怕位置不够，又怕他的梦与他职业一般枯燥刻板。

这个梁永燊，同从前那略带忧郁的少年人可说判若两人了。

吴珉珉站到镜子前去，待己宽，责人严，是最可怕的过犯，她得好好看清楚自己。

她许久没有客观地观察这两个孩子的母亲，她整个人并非有碍观瞻，照样穿着很时髦的松身衣服，素脸、短发，身段略壮，看上去健康端庄，不过，这也不是她记忆中的吴珉珉。

彼此彼此，这倒好，双方扯平，毫无亏欠。

吴珉珉心安理得。

幸亏在镜中打量过自己，否则万一在街上看到橱窗玻璃中反映，可能不知道该名外形普通、身份平凡的女子是谁。

珉珉睡了。

许久没有做梦的余暇，一觉不过睡五六小时便得起床照料孩子，通常由幼儿啼哭吵醒，挣扎起身，只有在这个半明半灭时刻，她觉得无孩夫妇不愧逍遥自在。

珉珉每次做梦都分得出真假，她很清楚地知道身在梦境，但却不损它的真实性。

对珉珉来说，梦并非生活中压抑及不满的出路，梦是失却的回忆片段，它们都是真的。

她梦见她在华英女中礼堂出现。

礼堂面积比记忆中小得多，新装修，十分整洁，珉珉不晓得来干什么，见有长凳，便随意坐下。

她低头看着双手，无名指上戴着结婚指环，证明这是成年的吴珉珉。

她听到脚步声，抬起头，却看到意长与惠长两姐妹进来，她们是那么年轻，孩子般脸蛋，丰满的身段，真正赏心悦目。

只听得意长揶揄惠长："邱进益已经不喜欢你了。"

惠长冷笑一声："我知道，他现在追你的好同学吴珉珉，你以为他会转向你？"

珉珉一身冷汗，怕莫家姐妹看到她，但是她俩一边争吵一边转个圈就出去了。

接着进来的是叶致君老师，哎呀，在她身边的是张丽堂，她俩怎么会结伴同行？

张丽堂絮絮哭诉："我并没有碰过试卷，真要派罪状给我，只能说我对吴豫生教授有太大的好感。"

叶致君同情地道："我了解被冤枉的感觉……"

她俩往后台去了。

珉珉吃惊地看着她们的背影，她想站起来离开这块是非之地，她不愿意看到这些面孔，现在她的世界只有两个孩子与终身配偶是重要的，她努力站立，双腿却不听使唤，珉珉暗暗叫苦，跟着出场的不知道是谁。

简金卿同翁文维来了。

她同他说："吴珉珉早就知道你我关系，她不能容忍，所以甩掉你。"

"你会不会回到我身边来？"

"我已经找到新生活，请你速速走开。"

珉珉闭上眼，用手捂耳朵。

有人伸手来拉她的手，她挣扎，大声嚷："我不要做这个梦，中止它，中止它。”

那人强拉开她的手：“是我，珉珉，是我。”

“你是谁？”

“我是爱护你的苏伯母。”

珉珉遍体生凉，不由得睁开双眼。

“珉珉，许久不见了。”她微笑问。

“苏伯母，”珉珉握住她的手，“你还认得我？”

她点点头：“你长大了。”

“你可怪我把秘密泄露出来？”

苏伯母笑一笑：“你不说我终究也会知道，他们一定会向我摊牌。”

珉珉没有回答，她看见莫老先生在礼堂一角向她招手。

站在老人身后的，是她的母亲。

珉珉看着她走近。

珉珉心情忽然平和，贪婪地注视母亲，她在她对面坐下。

她开口了：“我患病良久，他们都没敢跟你说吧？”

珉珉慌忙摇头：“没有，从来没有，你是什么病？”

她母亲说下去："我十分厌世，不欲长痛。"声音越来越低。

珉珉束手无策，十分悲痛。

她忽然抬起头来，微笑说："你要当心。"

珉珉警惕地看母亲。

"当心……阿修罗。"

珉珉脱口而出："当心什么？"

耳畔传来幼儿的痛哭声，珉珉自床上跃起，急忙走过去抱起孩子。

这样小小身躯竟然可以发出如此洪亮哭声，不可思议，每次听到哭声她都觉得趣怪无比，忍不住笑。

梦境种种，冉冉淡出，不复记忆。

平凡的生活就是这点好，似永远有一盏和煦的灯光照亮小小世界，自给自足。

梁永燊打着哈欠自隔壁房张望过来："古人一生六七个，真不知怎么消受。"

"大概多人帮忙吧。"

"我们家不是有两个半家务助理吗，主妇照样忙得人仰马翻。”

他似有抱怨意味。

“永燊，我做了一个怪梦。”

他呻吟一声：“你与你的怪梦。”

“我看见亡母——”

“幸运的你，”他开了水龙头，哗啦哗啦洗脸，“我刚才梦见大老板飞过来骂人，拍着桌子控诉盈利不足。”

珉珉闭上嘴巴。

梁永燊匆匆出门。

下班时分，他使秘书打电话回来，晚上有临时会议，不能回家吃饭。

珉珉无奈，因她没有工作，不了解办公室真相，真的像他们说的那么紧张，抑或另有秘密，她不得而知。

珉珉趁这个空当把阿姨请上来小坐。

她轻轻说：“我梦见亡母。”

陈晓非低下头，过一会儿才答：“你自己也已为人母，何必再追究往事。”

珉珉的声音更加低：“那么，她自寻短见一说，竟是真的了。”

陈晓非始终不肯给她一个确实答案，只是顾左右而言他。

再说一会儿话，珉珉把阿姨送走。

回到家里，孩子们已经睡着，他们的父亲却还没有回来。

他外出的次数越来越多，时间越来越长。

珉珉解掉外衣，正预备休息，门铃响了。

她对女佣说：“让我来。”

怕是阿姨遗漏了什么，兜回来拿。

珉珉开门，门外站着一个女子，却不是陈晓非。

珉珉旋即开亮走廊顶灯，想看清楚她是谁。

那女子见门打开，便伸出右手，撑住门框，另一手叉在腰上，看着女主人眯眯地笑。

吴珉珉发呆。

她是一个美少女，十六七岁，剑眉星目，鲜红嘴唇，身段修长，穿着袭紫色短裙。

她比吴珉珉更先开口：“请问梁永燊先生在吗？”

“他不在。”

“啊，”美且艳的少女似失望了，“那么，请你告诉他，我来找过他。”

珉珉很镇定：“请问你是谁？”

“我？”少女眨眨妖异的大眼睛，仰头笑起来，“我叫阿修罗。”

珉珉一听，脸上变色，往后退几步。

少女见她害怕，有点意外，扬扬眉毛，转身离去。

珉珉一时没有把门关上。

她忽然失笑，是，新的一代又成长了，轮到她们出来施展魔力，与她们窄路相逢的不幸人，非死即伤。

吴珉珉才不应害怕，若干年前，她与她们，可是同路人。

她关上门，客厅漆黑一片，她独坐其中，预备一战。

图书在版编目(CIP)数据

阿修罗 /(加)亦舒著 .—长沙：湖南文艺出版社，2018.2
ISBN 978-7-5404-8531-3

Ⅰ. ①阿… Ⅱ. ①亦… Ⅲ. ①长篇小说—加拿大—现代 Ⅳ. ① I711.45

中国版本图书馆 CIP 数据核字(2018)第 016740 号

上架建议：畅销 · 小说

AXIULUO
阿修罗

作　　者：[加] 亦舒
出 版 人：曾赛丰
责任编辑：薛　健　刘诗哲
监　　制：毛闽峰　赵　萌　李　娜
特约监制：刘　霁　郑中莉
策划编辑：李　颖　张丛丛　杨　祎　雷清清
文案编辑：马玉瑾
营销编辑：贾竹婷　雷清清　刘　珣
封面设计：张丽娜
版式设计：李　洁
出版发行：湖南文艺出版社
（长沙市雨花区东二环一段 508 号　邮编：410014）
网　　址：www.hnwy.net
印　　刷：北京鹏润伟业印刷有限公司
经　　销：新华书店
开　　本：775mm × 1120mm　1/32
字　　数：140 千字
印　　张：8.5
版　　次：2018 年 2 月第 1 版
印　　次：2018 年 2 月第 1 次印刷
书　　号：ISBN 978-7-5404-8531-3
定　　价：42.80 元

若有质量问题，请致电质量监督电话：010-59096394
团购电话：010-59320018